Kapitel 1

Der Rabenkönig

Kapitel 2
Den Wald im Blick

Kapitel 3

Lukas und Kai

Kapitel 4

Simon, der Waldarbeiter

Kapitel 5

Kais´ Fluchten
Kapitel 6
Mia und Fuchs

Kapitel 7

Die Reise zum Meer

Kapitel 8- Agathe und Kai

B. Schulze Stiftung für therapeutisches Lesen und Schreiben

Wir unterstützen die Kinderhospizarbeit in Deutschland, Österreich und der Schweiz

Rabenfedern bringen Glück (Band 2)
Herstellung und Verlag: BoD - Books on Demand, Norderstedt
2020 © Claudia J. Schulze, Bilder von Anke Hartmann ISBN: 9783732238392

„Es ist nämlich einfach so“, sagte Mia einmal, „du brauchst etwas, das dich daran erinnert an mich zu denken. Immer wenn du den Wind hörst oder Musik, oder immer, wenn du den Geruch von frischem Gras wahr-nimmst, dann weißt du, dass ich da bin. Es erinnert dich an mich, verstehst du? Auch wenn ich gar nicht weg bin. Sogar wenn ich neben dir sitze. Du kannst laut Mia sagen, oder leise. Es reicht auch, wenn du es nur denkst. Überhaupt ist das so mit den Gedanken. Sie fliegen mit dir dorthin wo du möchtest.“

Kapitel 1
Der Rabenkönig

Lukas, der direkt am Waldrand wohnte, und dem Tiere besonders am Herzen lagen, konnte es einfach nicht mit ansehen, wenn Vögel im Winter durch das Schneegestöber irrten und nichts zu Picken fanden. Deshalb hatte er im Winter immer schon Vögel gefüttert. Er hatte Körner für Meisen, Spezialfutter für die vielen Enten im Stadtteich und einige kleine Vogelhäuser in seinem Garten. Lukas war auf alles vorbereitet: auf Spatzen, Rotkehlchen und sogar auf Engpässe in der Futterversorgung.

Hierfür hatte er sich eine eigene kleine, doch gut organisierte Vorratskammer in seinem Baumhaus eingerichtet. Er mochte es, wenn er die Sachen im Griff hatte.

Auch für Stachel, den besonderen Igel, hatte er immer etwas da. Nur auf einen war selbst Lukas absolut nicht vorbereitet gewesen: auf Kieran, den Raben. Wenn ihr Lukas schon länger kennt dann wisst ihr, dass Kieran, den Lukas heimlich den „Rabenkönig" nannte, sein Freund wurde, und dass eine schwarz-glänzende, wunderbare Rabenfeder diese besondere Freundschaft besiegelte.

Doch selbst wenn ihr Lukas und Kieran noch nicht

kennen solltet – hier werdet ihr alles über sie erfahren.

Kapitel 2
Den Wald im Blick

Wie soll ich nach dieser Geschichte über Kieran am besten beginnen? Einiges wisst ihr ja ohnehin schon über Lukas.

Wahrscheinlich erinnert ihr euch noch daran, dass Lukas im Wald wohnt. Also in einem Haus am Wald, um genau zu sein.

Vielleicht wisst ihr noch, dass er sich um kranke und hungrige Tiere kümmert, und dass ihm Tiere meist lieber sind als Menschen. Mit der Ausnahme weniger.

Seine beste Freundin Mia war darunter und Kai. Ihn mochte Lukas seit einer Weile, davor waren sie lange Zeit verfeindet gewesen.

Kai hatte nur noch einen Vater, über den er sich manchmal aufregte, was mit seiner Mutter war wusste niemand so richtig.

Lukas wünschte sich in diesen Momenten, in denen Kai über seinen Vater schimpfte, dass auch er sich nochmal so richtig, und lautstark, über seinen Vater aufregen könnte.

Doch das war nun nicht mehr möglich, seit dieser gestorben war, bei dem Autounfall, der nun einige Jahre zurücklag und bei dem Lukas nicht nur ihn, sondern auch Katha, seine ältere Schwester verloren hatte. Vermutlich wisst ihr das noch. Auch, dass er es nicht schaffte, das Grab der beiden zu besuchen.

Vielleicht erinnert ihr euch auch noch an die vielen Tiere, die im Wald wohnten.

An Stachel, den Igel und an die große Eule, die gemeinsam mit dem Raben Kieran in den Nächten oft um Lukas Haus flog.

Vielleicht erinnert ihr euch noch an Ruby, den kleinen Raben, den Lukas eines Morgens verwundet im Gras gefunden hatte, und dem er nicht mehr hatte helfen können.

Oder aber ihr erinnert euch an Simon, den Waldarbeiter mit dem Hund, vor dem Lukas sich gefürchtet hatte. Vor allem deswegen, weil der seinen Hund schlecht behandelt hatte.

Etwas, das Lukas zutiefst, wirklich aus ganzer Seele hasste und verabscheute.

Mit Sicherheit aber wisst ihr noch, wer Rüdiger war. So eine zutrauliche Fledermaus wie ihn sieht man nämlich ausgesprochen selten.

Lukas selbst hätte natürlich keines seiner Tiere vergessen können, weder Ludwig, die alte Kröte, noch
Luna, die winzige Eule.
Er kannte Vögel und auch Ameisen, ja, sogar Gras-
hüpfer, Libellen und Käfer persönlich, und weder
sie oder sonst jemanden von seinen Nachbarn aus
dem Wald würde er jemals vergessen.
Besondere Erinnerungshilfen brauchte er also wirklich nicht. Das wäre ja irgendwie noch schöner
gewesen! Doch Kieran, der Rabe, hatte ihm eine
solche trotzdem dagelassen.

Das war in dem einen Jahr gewesen, in dem Kieran über den Winter so lange verschwunden war.
Eine Feder hatte er Lukas dagelassen und an keinem Tag seither war Lukas ohne diese Feder aus dem Haus gegangen.
Auch nicht an dem Tag, an dem Kai ihn zur Schule abholte während er noch dabei war, einem Hasen die Pfote zu verarzten.
Dafür war er bekannt, es war einfach etwas, das ihm leichtfiel.

In der weichen Pfote steckte etwas fest, ein Dorn musste es sein, und Lukas suchte in seiner Tasche nach einem geeigneten Werkzeug um dem Hasen zu helfen.
In seiner Tasche fühlte er Kierans Feder.
Mit einer einzigen schwarzen Feder hatte das, was gut war, angefangen.
Irgendwie passte heute alles so richtig gut zusammen. Diese Tage entschädigten ihn für jene, die manchmal traurig und lang sein konnten. Er fand die Pinzette, die ihm schon häufig gute Dienste erwiesen hatte und zog den Dorn mit einem kleinen Ruck heraus.
Der Hase bewegte sich kaum, so sehr schien er Lukas zu vertrauen.

Ein schriller Pfiff riss ihn aus seinen Gedanken:
„Hey, Lukas!“. Es war natürlich Kai, mit seiner
Sturmfrisur. Er grinste breit mit einer riesigen
Zahnlücke zwischen den Vorderzähnen in seine
Richtung. Schon von weitem sah Lukas, dass Kai
sich seine Hose wieder einmal irgendwo im Wald
zerissen hatte.
Das kam häufiger bei ihm vor. Meistens sah er
dadurch ziemlich wild und zu allem entschlossen
aus. Aber das war er nicht immer. Und selbst wenn,
auch das hätte Lukas nicht gestört.

Eine ehrgeizige Kohlmeise versuchte energisch Kai
zu übertönen, was selbstverständlich völlig vergeblich war. Niemand pfiff so laut wie Kai.
Seine dunklen Augen blitzten jetzt abenteuerlustig;
wahrscheinlich heckte er gerade wieder irgendetwas aus, wie meistens eben. Das war typisch für
ihn. Lukas freute sich richtig ihn zu sehen.

Kai nervte manchmal, eigentlich jedoch war er so wie er war vollkommen in Ordnung. Man merkte das zwar nicht unbedingt auf den ersten Blick, aber jetzt hatte Lukas es ja trotzdem herausgefunden.

Es war schön einen Freund zu haben. Lukas steckte die Pinzette zurück in seine Tasche. Wieder spürte er Kierans Feder dort. Es gab keinen Zweifel: Rabenfedern brachten Glück. Daran zweifelte er an keinem einzigen Tag. Sie konnte nur Glück bringen, denn einsam war er gewesen, übel einsam sogar, bevor er sie, zusammen mit Stachel, dem Igel, gefunden hatte. Einsam wie eine verirrte Ameise. Allein wie eine einzige, winzige und zudem sehr klägliche Ameise ohne ihren großen, vertrauten Ameisenhaufen. Mindestens. Noch nicht einmal Mia, *seine* Mia, hatte er damals gekannt. Und wer Mia nicht kannte, der konnte kein wirklicher Glückspilz sein. Soviel war ja sowieso schon einmal klar. Ja, es war einsam gewesen in der Zeit vor der Feder. Mom war zwar dagewesen, aber nicht bei ihm. Ihre Gedanken waren einfach nicht mehr in dieser Welt gewesen.
Erst die schwarze Feder hatte, er wusste nicht wie, die Wendung gebracht. Den Wald wenigstens, denn immerhin hatte es immer gegeben.

Allein das schon war ein Glück. Und jetzt gab es da auch noch Kai.

Es gab da etwas an Kai das ebenfalls anders war als bei den meisten, die er kannte.

Vielleicht hatte es damit zu tun, dass Kai auch nicht so unbeschwert war. In seiner Familie war etwas vorgefallen, was den Klatsch und Tratsch der Nachbarschaft nach sich gezogen hatte.

So wie er, Lukas, selbst, war auch Kai dazu übergegangen die Gesellschaft von Tieren der menschlichen Gegenwart vorzuziehen.

Da gab es Klopfer, seinen Hasen, Maxime die alte Katze, und Tiffy, seinen Hamster.

Tiffy war zwar irgendwie ein echter Freak, aber das machte Kai nichts aus.

Maxime war dafür umso ausgeglichener, und keiner hatte ein weicheres Fell als sein Hase.
Außerdem fühlte es sich so wunderbar warm an wenn er ihn auf dem Arm hielt.

Allerdings, auch Kai musste zugeben, dass es durchaus Vorteile hatte auch einmal einen menschlichen Freund zu haben.

Lukas schien ihm da ganz in Ordnung zu sein. Sehr in Ordnung, wenn er es sich recht überlegte.

Kapitel 3

Lukas und Kai

Kai war zwar der beste in Sport, Mathe aber brachte ihn so richtig zur Verzweiflung. Dabei fand Lukas gar nicht so schlecht, was er da zusammenrechnete. Auf eine Art kam es ihm sogar richtig klug vor. Nur eben, dass es nicht zu dem passte, was man als Ergebnis erwartet hätte.

Andererseits: Bei Kai kam ohnehin meistens etwas anderes heraus, als man erwarten würde. So war Kai eben. Und langweilig wurde es mit ihm nie.

Irgendwie passte heute wieder einmal alles so richtig zusammen, fast schon freute er sich auf die Schule. Einfach nur weil er dort Zeit mit Kai würde verbringen können.

Ein schriller Pfiff riss ihn jäh aus seinen Gedanken: „Hey, Lukas! " Es war natürlich Kai. Er grinste mit einer riesigen Zahnlücke zwischen den beiden Vorderzähnen in seine Richtung. Lukas freute sich, wie immer, total ihn zu sehen. Gemeinsam gingen sie ihren Weg durch den Wald zur Schule hin. Manchmal machten sie auf dem Rückweg einen Umweg über die Ruine. In der Nähe gab es wohl noch ein Versteck, welches Kai ganz für sich alleine brauchte.

Nicht einmal Lukas wollte er dort bei sich haben. Einerseits fand Lukas das ziemlich schade, andererseits konnte er es auch wiederum verstehen.

Manchmal war es eben so, dass man etwas für sich ganz allein brauchte.

Immerhin hatte Kai ihm dafür den verfallenen, fast komplett mit Moos überwucherten Steinbrunnen gezeigt, und er teilte sogar seine Brote mit ihm.

Das klang zwar komisch, doch es gab nichts, was Lukas lieber aß als die Brote von Kai.

Oftmals verspürte er den ganzen Tag über keinen Hunger und seine Mutter hatte sich schon mehr als einmal darüber beklagt, dass er zu wenig aß.

Doch aß er nicht mit Absicht wenig. Häufig saß ihm etwas im Bauch. Etwas, das ihm die Lust auf das Essen gründlich verdarb.

Es fühlte sich so abgeschnürt an in ihm drin, so als wäre in ihm irgendwie überhaupt gar kein Platz mehr für irgendetwas anderes. Doch wenn Kai dann die Brote herausfischte, mit dem regelmäßigen und stolzen Hinweis darauf, dass er die ganze Komposition, die Zusammensetzung des Belages nämlich selbst erfunden hätte, dann war das anders.

Dann öffnete sich sein Bauch ein wenig, und er saß da mit Kai und aß das Brot, das irgendwie gleichzeitig nach allem auf einmal schmeckte, so als hätte Kai so ziemlich alles, was er im Kühlschrank vorgefunden hatte, zugleich irgendwie zwischen die Brotscheiben gepackt.

Woran es eigentlich lag, konnte er nicht sagen, doch wenn er in Kais Nähe war, fühlte er sich irgendwie verstanden.

Kai schien es genauso zu gehen. Es war noch nicht einmal nötig, dass sie sprachen. Manchmal war Kai wütend.

Er trat dann gegen den Steinbrunnen und sah dabei tatsächlich ziemlich gefährlich und ausgerastet aus, aber Lukas machte das nichts aus Immerhin kannte er das von sich selbst auch schon.

Somit fragte er Kai also noch nicht einmal, warum er das genau tat oder warum er denn überhaupt so wütend war.

Irgendwie konnte er es sich ja ohnehin denken. Die ganze Sache mit seiner Mutter steckte da sicherlich auch mit dahinter.

Die Leute hatten wirklich ziemlich viel über Kais Familie getratscht, nachdem seine Mutter damals einfach nach Holland gegangen war und das ohne ihren Mann und ohne Kai.

In dieser Zeit hatte Kai jeden gehasst. Lukas konnte sich noch gut daran erinnern. Sogar gegen Lukas selbst hatte er etwas gehabt.

Na ja, doch immerhin hätte Kai, selbst in seinen absolut miesesten, nervigsten und wirklich aller schlimmsten Phasen, zumindest seiner Katze niemals etwas angetan.
Auch Tiffy, dem goldbraunen, eifersüchtigen und ziemlich launischen Hamster, nicht.

Das war etwas, das Lukas mit Kai verband.

Niemals hätte einer von ihnen einem Tier auch nur ein Haar gekrümmt.

Das war ebenfalls etwas, was Kai wiederum auch bei anderen absolut nicht ertragen konnte.

Vielleicht erklärt das am besten, warum er und Lukas sich schließlich dazu entschieden etwas zu machen, das recht außergewöhnlich war. Es hing mit dem unfreundlichen Waldarbeiter Simon und mit dessen Hund zusammen. Allein schon Kai Simon sah musste er sich schwer zusammenreißen. Lukas beobachte mehr als einmal, wie Kai vor Wut sogar zitterte. Doch das hatte auch einen wirklich triftigen Grund.

Kapitel 4
Simon, der Waldarbeiter

An dem Tag, an dem sie an der Hütte des Waldarbeiters waren, fiel Lukas ein was ihm an Kai am besten gefiel: Er war ganz schön mutig! Lukas war sich nicht sicher, ob das in jedem Fall gut war. Doch in diesem speziellen Fall ganz bestimmt. Es ging nämlich um Räuber, den Hund des Waldarbeiters. Kai kannte seinen Namen.
Nicht nur den von Räuber, er kannte auch den des Waldarbeiters: Simon.

Dies wusste er, weil sich Simon und Kais Vater kannten. Auch Kai war nicht entgangen wie Simon seinen Hund behandelte.

Einmal hatten sie deutlich gesehen wie er nach ihm getreten hatte. Außerdem schrie er ihn oft laut und drohend an. Eine Idee hatte sich deswegen langsam in ihm festgesetzt, so wie auch in Lukas, und dort war sie gewachsen. Bis zu dem einen Tag, an dem sie beschlossen Räuber zu entführen und von dem alten Simon wegzubringen.
Es war einer der ersten Herbsttage in diesem Jahr, und der dichte Nebel hatte die Baumwipfel beinahe vollkommen umwoben.

Dieser dichte Nebelschleier gab ihrer Unternehmung nun einen noch viel unheimlicheren Beigeschmack als sie es ohnehin bereits hatte.

Eine handfeste Entführung war schließlich nichts Alltägliches.

Und auch wenn man sich immer wieder selbst sagte, so wie Lukas und Kai dies taten, dass es einfach sein müsste – ein gewisser Zweifel blieb zurück und die unbequeme Frage, ob es nicht noch einen anderen, einen wenigstens ein ganz klein bisschen weniger riskanten Weg gegeben hätte.

Einen Weg, bei dem es jedoch überhaupt nur mit Hilfe der Erwachsenen von statten gegangen wäre.

Doch Lukas und Kai hatten sich letztlich dagegen entschieden.

Sie waren zum einen davon überzeugt, dass Erwachsene eigentlich viel lieber ihre Ruhe haben wollten als sich mit einem alten Hund zu befassen, der leider gezwungen war bei einem Schläger zu leben. Vor allem Kai war sich da sicher. Vielleicht ging er aber auch nur von seinem eigenen Vater aus. Insgeheim glaubte Lukas nämlich schon, dass seine Mom ihn dabei unterstützt hätte dem Hund zu helfen. Und Kais Vater war eigentlich gut dafür bekannt jedes Tier aufzunehmen.

Lukas fand, dass Kai seinen Vater echt oftmals deutlich zu schlecht sah. Aber er sagte lieber einmal nichts, besonders weil er sich nicht zu sehr einmischen wollte. Seine Mutter fragte er auch nicht. Er war zu froh darüber, dass Mom zurzeit so gelöst und unbeschwert war, so dass es ihm falsch vorgekommen wäre sie nun auch mit dieser Angelegenheit zu belasten. Zumindest im Vorfeld wollte er sie da noch heraushalten. Früher oder später würden Kai und er ohnehin ihre Hilfe brauchen. Schließlich musste Räuber ja immerhin auch irgendwo wohnen. „Ein Tierheim kommt gar nicht in Frage!" hatte Kai bereits mit einer festen, entschlossen klingenden Stimme, die überhaupt gar keinen Widerspruch dulden würde, festgestellt.

Da standen sie nun bedeckt vom Nebel und frierend vor Simons Hütte. Simon war nicht da. Kai hatte ihn schon seit ein paar Tagen im Visier, und er kannte seine Gewohnheiten. Wie jeden Sonntag war Simon wieder zu seinem Stammtisch im Gasthaus „Zum räudigen Wolf" gegangen.

Räuber hatte er wie immer, wenn er dort hinging, einfach zurückgelassen. Der Gastwirt mochte Wölfe nicht, und demzufolge waren ihm Hunde natürlich auch nicht gerade besonders willkommen. Er machte da keine großen Unterschiede. Überhaupt war er kein Mensch der besonders viel Zeit damit verbrachte länger über etwas nachzudenken.

Solche Arten von Menschen gibt es leider häufig, und manchmal kann das sogar gefährlich werden. Auch wenn es auf den ersten Blick gar nicht so erscheinen mag. Doch der erste Blick reicht eben nicht immer aus.

Früher hatte er zwar selbst einen großen, wirklich prächtigen, pelzigen Hund besessen, doch der hatte sich, nach einem kurzen, netten Austausch mit dem Leitwolf, einem sehr gastfreundlichen, wirklich aufgeschlossenen Rudel von wilden Wölfen angeschlossen.

Seither mochte der Wirt weder Hunde noch Wölfe. Sein Gasthaus trug wohl auch nur deshalb den Namen „Wolf", weil er das Wort „räudig" hatte davorsetzen können. So sah nun jeder, was der Wirt von Wölfen und deren Verwandten hielt. Aber das kümmerte Kai und Lukas überhaupt nicht.

Sie waren vielmehr schwer damit beschäftigt die hölzerne Tür der Hütte aufzubrechen. Das lief weniger dramatisch ab als es klang. Kai musste lediglich das rostige, vor der Tür angebrachte, Schloss öffnen. Das ging ziemlich schnell. Er schob die Tür der Hütte schon nach weniger als einer Minute Arbeit an dem Schloss auf und begrüßte Räuber. Lukas staunte nicht schlecht: Kai hatte ihm sogar etwas zum Fressen mitgebracht.

Frische, rosige Fleischbällchen auch noch.

Das war eine wahrlich perfekt und genial durchdachte Vorbereitung, das musste man Kai lassen! Er überließ echt nichts dem Zufall.

Allerdings wäre sie gar nicht nötig gewesen um Räuber für sich zu gewinnen. Im Gegenteil. Er war jetzt schon ganz hin und weg von Kai.
Schwanzwedelnd sprang er an ihm hoch und konnte sich vor Freude kaum noch beruhigen. Räuber kannte Kai schon, da Simon manchmal zu Besuch bei Kais Vater war.

Somit bedeutete es lediglich ein Kinderspiel Räuber leise aus der Hütte hinaus und durch den Wald zu führen.

Kompliziert wurde es erst nach einer Weile. Ihr bisheriger Plan hatte bisher nämlich noch nicht vorgesehen, wohin sie Räuber denn eigentlich bringen würden.
Wohin *nicht* - ja, das war immerhin klar. Aber der Rest... „Zu mir kann er leider nicht", murmelte Kai schließlich verdrossen.
„Mein Vater rastet aus!". Kai wirkte nun gar nicht mehr selbstsicher.
Verlegen grinsend kratze er sich den Hinterkopf. „Ohhh Mann, echt! " Lukas wunderte sich erneut. Jeder wusste doch, wie tierlieb Kais Vater war. Warum verdrehte Kai die Fakten? Aber noch immer traute er sich nicht etwas zu sagen.

Kai würde schon seine Gründe haben, dachte sich Lukas. Und so kam es, dass Räuber bei Lukas landete und auf der Veranda vor dem Haus saß als wäre er nie zuvor woanders gewesen. An Stachel, dem Igel, schnupperte er neugierig und ausgiebig, doch er bellte nicht. Er blieb ganz ruhig und freundlich, und auch der Igel Stachel zeigte keinerlei Aufregung und keine Angst.

Nicht einmal die eigenwillige Katze schien über den Neuzugang empört zu sein.

Es war fast so, als wäre es ohnehin allen klar, dass Räuber nun hierher gehörte.

Genau hierher und nirgendwo sonst.

So war Lukas auch schon ganz entspannt und zuversichtlich was die Rückkehr von Mom nach ihrer Arbeit betraf. Sicherlich würde sie es ganz genauso sehen.

Hier allerdings hatte sich Lukas getäuscht. Mom schüttelte andauernd den Kopf und sah ganz aufgebracht aus.

„Das geht doch nicht, Lukas!" wiederholte sie immer wieder in strengem Ton.

Gleichzeitig sah Lukas ihr an, dass sie nicht so recht wusste, was sie nun tun sollte. Schließlich verließ sie das Haus. Ganz vorsichtig und leise schlich Lukas ihr hinterher.

Wohl war ihm nicht dabei, doch er wollte wissen, was nun passieren würde. Aufgeregt sah er wie sie direkt auf Simons Hütte zusteuerte. Die Hüttentür stand offen, und innen brannte Licht.

Mom klopfte an den Türrahmen, und der Schatten von Simon erschien fast zeitgleich an der Tür.

Lukas stockte der Atem. Mit einem Mal fand er seine Idee gar nicht mehr so gut.

Dann verschwand Mom auch noch in Simons Hütte. Lukas sah die beiden Schatten nun miteinander sprechen.

Er legte sich einen Notfall-Plan fest, falls Simon seiner Mutter etwas antun würde.

Aber der Plan war noch nicht ganz ausgereift, da verließ seine Mutter auch schon wieder die Hütte. Simon verabschiedete sich freundlich von ihr. Er hörte seine Stimme in einem gänzlich neuen Tonfall.

So hatte Lukas ihn nie erlebt, so freundlich. Er nahm eine rasante Abkürzung und war weit vor Mom wieder zuhause.

„Was ist jetzt mit Räuber? Was hat er gesagt?" wollte Lukas wissen. „Na ja", Mom sah ernst aus, „setz dich erst mal mit mir raus". Das klang so, als würde es ein längeres Gespräch werden.

„Weißt Du noch als Ruby gestorben ist, der kleine Vogel?" Natürlich wusste das Lukas noch. Und warum betonte sie das so mit dem kleinen Vogel? Dachte sie wirklich, dass er sich nicht mehr an Ruby erinnern konnte? Mom schien seine Gedanken zu erraten. „Ja, natürlich erinnerst du dich", nickte sie.

„Weißt du, darum geht es mir, also darum, dass du gesagt hast, dass du ihm nicht hast helfen können..."„Weil er gestorben ist, meinst du? “,
„Ja". Mom schwieg kurz, dann sagte sie: „Lukas, ich finde, dass es das Gegenteil war: Du hast ihm sehr geholfen."

Sie suchte nach einer Erklärung und fuhr dann fort: Vielleicht ist es nicht das Wichtigste, dass man lebt, ein Mensch oder ein Tier. Vielleicht geht es um etwas, das noch wichtiger ist als das." Was sollte wichtiger sein als das Leben? Lukas verstand nicht so ganz worauf sie eigentlich hinauswollte. „Immerhin, Lukas", sagte Mom schließlich, „warst du *bei ihm*." Ja, das stimmte natürlich und Lukas fing an zu ahnen was Mom damit sagen wollte. So etwas in der Richtung, dass es viel schlimmer ist allein zu leben und ungeliebt zu sterben als früh zu sterben.
Darüber hatte er tatsächlich auch schon mehr als einmal nachgedacht.
Das war zu der Zeit gewesen, in der weder Kata noch seine Eltern bei ihm gewesen waren.
Kata und Papa nicht, weil sie tot waren, und Mama nicht, weil ihre Gedanken nicht mehr hier waren. Nicht mehr in dieser Welt und nicht mehr bei ihm.

Oma war ab und zu dagewesen, und meistens hatte sie einfach nur bei ihm gesessen. Ohne Oma wäre er damals einfach nur komplett aufgeschmissen gewesen, soviel stand auf jeden Fall fest. Das war vor der Zeit mit Stachel, dem Igel, gewesen, und lange bevor Kai sein Freund geworden war. Für einen Moment versuchte er einzuordnen was der Verlauf dieses Gesprächs nun mit Räuber und dem alten Simon zu tun haben sollte, doch dann fiel ihm der Zusammenhang auf.

„Du meinst, dass Simon sehr einsam ist? "„ Ja", sagte Mom knapp. Dann, nach einer Weile fügte sie hinzu, „und er ist sehr wahrscheinlich selbst sehr traurig darüber. " Lukas vermochte jedoch gar kein Mitleid für diesen Mann zu empfinden.

„Dann soll er doch voll froh sein, dass Räuber bei ihm ist, wenn schon kein anderer Mensch etwas mit ihm zu tun haben will", antwortete er empört, sein Gesicht war rot angelaufen.

„Eigentlich schon", gab Mom ehrlich zu. „Aber manchmal ist das eben nicht so einfach, wie es aussieht." „Finde ich aber doch", Lukas fühlte mächtig Ärger in sich hochsteigen.

„Was soll so kompliziert daran sein, dass man seine Freunde nicht tritt und schlägt- auch wenn sie keine Menschen sind? "

Lukas verstand Mom heute wirklich nicht.

„Nein, das meine ich nicht, ich hab es einfach nicht gut erklärt…“. Mom sah jetzt ziemlich bekümmert aus. Dann setzte sie nochmal an: „Ich will damit sagen, dass Menschen nicht unbedingt immer Schuld daran sind, dass sie einsam sind. Ich meine einfach: Manchmal passiert so was einfach…“ „Aber was hat das mit Räuber zu tun? “ wollte Lukas nun doch ziemlich ungeduldig wissen. „Mit Räuber hat das erst einmal gar nichts zu tun“, erklärt sie. „Nur mit dem alten Simon.

Er ist allein, und es geht ihm nicht gut.“ „Trotzdem ist das kein Grund…“ „Nein, das ist es nicht“, gab Mom ihm Recht. „Nur kannst du Räuber mal für eine Minute vergessen?“ „Wie denn?“ dachte Lukas ungeduldig.

Immerhin saß Räuber auch auf der Veranda, und er fühlte sich dort sichtlich äußerst wohl.

Lukas hatte ihn genau im Blick. „Also pass auf“, sagte Mom, der Lukas´ Blick zu Räuber hin nicht entgangen war. „ Meinetwegen.Räuber darf ein paar Tage hierbleiben. Jetzt lass ihn mal. Ich will mit dir jetzt gerne einmal über den alten Simon sprechen.“

Das war erst einmal alles, was Lukas wissen wollte: Räuber durfte erst einmal da bleiben! Jetzt konnte er auch Mom zuhören ohne die Geduld zu verlieren.

Normalerweise fiel ihm das nicht so schwer.

Doch sie war heute wirklich ganz besonders kompliziert. Statt nun, wie sie es angekündigt hatte, über den alten Simon zu sprechen, wechselte sie das Thema um zu einer ziemlich weitschweifigen Erklärung anzusetzen. „Weißt du, Lukas“, sagte sie, „du denkst, dass dir die Rabenfedern das Glück der Freund-schaft gebracht haben, und dass du es der Katze von Kai zu verdanken hast, dass ihr jetzt Freunde seid, aber eigentlich ist das Ganze im Endeffekt dein Verdienst. “ „Mein Verdienst?“

Er wusste nicht genau, wie sie das meinte.

Nur so ungefähr. „Ich meine“, sagte Mom und sprach dabei sehr deutlich, „dass du ein toller Mensch bist und ein toller Freund, und dass es da nicht ausbleibt, dass das die anderen irgend-wann merken.“ Lukas freute sich über das, was sie da sagte, und er dachte sich, dass vielleicht irgendwie sogar etwas dran sein könnte an der Sache. Ganz ohne Grundlage war das bestimmt nicht.

Dann fuhr Mom fort und unterbrach damit seine Gedanken: „Weißt du, der alte Simon hatte in seinem Leben vielleicht nicht das Glück zum richtigen Zeitpunkt auf die richtigen Menschen getroffen zu sein, und dann konnte er selber irgend-wann für niemanden mehr ein Freund sein.

Wenn er einen richtigen Freund gehabt hätte, als es noch nicht zu spät war, dann wäre er wahrscheinlich anders geworden...Na ja, und möglicherweise ist es ja auch noch gar nicht zu spät..." Sie dachte ein wenig nach.

Sobald sie auch nur im Ansatz nachdachte, zog sie ihre Nasenspitze immer ein wenig nach oben.
Lukas kannte das schon. „Vielleicht ist es so eine Mischung aus dem, was man selbst ist, und dann eben doch auch etwas, na ja: Glück..."

Lukas dachte an seine Rabenfeder und fühlte sich mit einem Mal ganz rundum zufrieden. Doch dann hallte der ganze letzte Satz von Mom in ihm nach.

Ein Schreck durchfuhr ihn. „Aber du erwartest jetzt nicht, dass ich sein Freund werde, oder? " Lukas sah sie irritiert an. Sie lachte: „Natürlich nicht!" Als Lukas hörbar aufatmete, fügte sie noch hinzu: „Du hast ja eigentlich schon genug Freunde hier rumsitzen, und dann noch Kai und..." Sie sprach nicht weiter, denn das Telefon klingelte in diesem Moment. Mom nahm den Hörer ab und sah etwas angespannt aus. Lukas hielt die Luft an. Was, wenn das nun Simon war, der es sich doch noch anders überlegt hatte?

Was, wenn er Räuber noch an diesem Abend wieder würde zu Simon zurückbringen müssen?

Dann wäre rein gar nichts gewonnen. Ihm wurde ganz flau in der Magengegend und er dachte über einen weiteren Fluchtplan nach.

Möglicherweise musste man Räuber besser an einem vollkommen geheimen Ort verstecken. Endlich entspannte sich Mom wieder, und Lukas, der ihr Gesicht genau beobachtete, beruhigte sich ebenfalls wieder. Es war Kai.

Mom hielt die Sprechmuschel zu, so dass Kai nicht hören konnte was sie zu Lukas sagt, und flüsterte: „Kai möchte heute Nacht unbedingt hier schlafen; er sagt, dass er in der Nähe von Räuber sein möchte, und dass sein Vater gesagt hätte, es wäre okay und er könnte hier schlafen."Lukas nickte begeistert. „Ja klar!" Doch Mom sah plötzlich ziemlich streng aus. „Lukas, ich weiß nicht, ob ich euch beide auch noch dafür belohnen sollte, nachdem was ihr heute angerichtet habt.",,Mom", antwortete Lukas, „für Kai wird es sicher absolut keine Belohnung sein."

Er grinste, irgendwie ging das nicht anders.

„Wieso denn nicht?" flüsterte sie ungeduldig, und zeigte dabei mit dem Finger auf die Sprechmuschel. Lukas fand ihre echt Frage überflüssig. Das lag doch auf der Hand.

„Na, weil das alte, durchgelegene Sofa hier nach ein
paar Stunden ganz schön unbequem wird.
Hast du mal gesehen, wie die ollen Spiralfedern
aussehen? Die sind hinüber, das weißt Du doch
auch!"
Mom nickte vielsagend. Lukas wusste plötzlich, dass
er sie überzeugt hatte.
„Wahrscheinlich kann er morgen kaum laufen. Und
für mich ist es auch keine Belohnung, weil Kai ja
unten auf dem Sofa bei Räuber schläft und nicht bei
mir oben, " sagte er noch.
Mom dachte kurz nach. Die vorgeschobenen
Argumente mit dem alten Sofa waren es vermutlich
nicht, doch trotzdem änderte sie daraufhin ihre
Meinung. „Du kannst kommen", sagte sie zu Kai
und legte den Hörer wieder auf.

Lukas dachte sich, dass Mom vor allem an Räuber
gedacht hatte, der Kai ja am besten von allen
kannte, und der sich daher wahrscheinlich nachts
mit Kai an seiner Seite wohler fühlen würde als
ohne Kai. Was auch immer der Grund war: Kurz
darauf stand Kai mit seinen wild zerzausten blonden
Haaren, seinem schiefen Grinsen, seiner total
abgewetzten Hose und mit Sack und Pack vor der
Tür.

Räuber sprang an ihm hoch und Katze verdrückte sich derweil mit wenigen Sätzen hoch in Lukas Zimmer, wo ihr Körper auf dem Bett kleine Kuhlen zurückließ.

Beim Abendessen suchten sie alle fieberhaft nach einer guten Lösung. Kai hatte wirklich eine ganze Menge Ideen, aber so ganz durchdacht klangen sie noch nicht. Nachts, als alle fest schliefen, oder zumindest fast alle, dachte Lukas, dass es schön wäre, wenn Räuber hier bleiben könnte, oder aber wenn er vielleicht sogar doch bei Kai unterkäme.

Dann wieder kam ihm die ganze Sache total unwirklich vor. Während Rüdiger, die kleine Fledermaus, mal gemütlich, mal rasant ihre vielen Runden um das Haus zog, dachte Lukas fieberhaft und mit laut klopfendem Herz nach. Was, wenn Simon seinen Räuber niemals hergeben würde?

Konnte man das denn überhaupt ernsthaft von ihm verlangen? Wahrscheinlich nicht. Oder doch? Die Gedanken drehten sich in seinem Kopf. Gerda flog gleichmäßig und gelassen ums Haus und Lukas merkte, wie er ruhiger wurde. Einfach nur vom Zusehen. Und dann beschloss er zu schlafen. Denn irgendwie, da war er sich sicher, würde es eine gute Lösung geben.

Vielleicht würde ihm etwas richtig Gutes einfallen oder Kai oder sonst jemandem von den Leuten, die gerade unter diesem Dach schliefen oder nicht schliefen.

Stachel trippelte über die Veranda, und seine kleinen dunklen Augen sahen so klug aus wie immer. Eine ganze Woche verging, und noch immer fiel niemandem eine Lösung ein, mochte Stachel auch noch so weise und klug mit seinen tiefgründig dunklen Augen zwinkern.

„Mensch, Stachel", sagte Lukas dann, „wenn ich nur eine Ahnung hätte was das Beste für Räuber ist." Stachel sah ihn daraufhin sehr intensiv mit schiefgelegtem Kopf an, bevor er schließlich wieder davon trippelte. Räuber fühlte sich in seinem neuen Zuhause offenbar vollkommen zufrieden und wohl, und auch die anderen Tiere kamen mit ihm zurecht. Kai war nun ständig zu Besuch. Er und Räuber waren sozusagen unzertrennlich. Wenn Kai abends nachhause musste, gab es jedes Mal beinahe ein Drama, weil Kai nicht von Räuber weg wollte.

Zum Glück, dachte sich Lukas, hatte Kai zuhause wenigstens seine alte, nur manchmal schlechtgelaunte Katze, und den zahmen, total anhänglichen Goldhamster Tiffy.

Den Hamster hatte er zu Ostern von seinem Vater bekommen. Jemand hatte Tiffy wegen der Osterferien und anderen, ungenannten Gründen unbedingt loswerden wollen und Kais gutmütiger Vater nahm grundsätzlich jedes Tier auf das nicht mehr gewollt war. Ohne einen Hamster wie Tiffy wäre Kai sicherlich ganz besonders aufgeschmissen. Die Katze kam meistens auch ganz gut ohne Kai zurecht, aber Tiffy forderte ganz schön viel Aufmerksamkeit. Sobald Kai sich einmal nicht so sehr um Tiffy kümmerte, bekam der einen Tobsuchtsanfall und zerlegte alles, was ihm in die Quere kam. Das klingt erst einmal nicht so schlimm, eher harmlos, weil es sich ja um einen winzigen, ziemlich harmlos und sehr niedlich aussehenden Goldhamster handelte. Allerdings konnte man sich da ganz gründlich täuschen, denn so ein abscheuliches, komplettes, entsetzliches und konsequentes Tohuwabohu wie Tiffy konnte sonst wirklich niemand so schnell anrichten. Tiffy zeigte eben deutlich, was er brauchte. Von daher, fand Lukas, war es richtig gut, dass es Tiffy gab. Lukas fragte sich, ob Räuber nicht doch eines Tages bei Kai wohnen könnte, und ob die alte Katze und sein Vater das hinnehmen würden ohne Probleme zu machen, von Tiffy mal ganz abgesehen.

Tiffy würde vermutlich erst einmal gründlich aus-
rasten. Er war so der Typ dafür. Tiffy konnte sich
ganz furchtbar in solche Dinge hineinsteigern.
Sicherlich würde er Kai für einige Tage das Leben
ziemlich schwer machen.
Aber dann würde er sich wohl auch wieder
beruhigen, denn, da war sich Lukas sicher, würde
Kai für alle drei Tiere sorgen, und keines von ihnen
jemals vernachlässigen. Lukas dachte an Kieran.
Kieran hatte in letzter Zeit damit begonnen Lukas
kleine Geschenke zu bringen.
Alles was glitzerte oder auch kleine Eicheln, Federn
anderer Vögel... all das, was Kieran offenbar für
einen großen, wertvollen Schatz hielt, brachte er
seit einigen Wochen zu Lukas.
Natürlich hatte er bereits vor dem Erhalt dieser
Geschenke gewusst, dass es echte, tiefe Freund-
schaften zwischen Tieren und Menschen gab, aber
trotzdem gab es ihm, an Tagen, an denen er sich
nicht so gut fühlte, einen gewissen Auftrieb.
So auch heute. Manchmal, wenn Lukas etwas mut-
los wurde, weil ihm noch immer so gar keine Idee
kommen wollte wie es mit Räuber und dem alten
Simon weitergehen könnte, beobachtete er Stachel,
der wie immer so aussah als wüsste er über alle
Dinge der Welt genau Bescheid.

Und dann wieder betrachtete er die Schätze, die ihm Kieran gebracht hatte.

Das hatte vielleicht alles mehr zu bedeuten als ihm jetzt gerade klar war. Lukas zerbrach sich schier den Kopf dabei. Da musste doch auch etwas dran sein!

Schließlich hatte sein Stachel ihm in der Vergangenheit schon einmal geholfen.

Und all die Federn, die Kieran ihm im Lauf der vergangenen Monate gebracht hatte! So viele seiner Federn! Es war ein ganzes, riesiges, glänzendes Bündel von wunderbaren Federn. Er schwang sie vor sich her, wie eine Art Fächer, und dachte immer noch angestrengt nach. Dabei hielt er die Federn noch immer in der Hand und schwenkte sie wie ein Zauberlehrling vor sich her. „Da muss doch was dabei sein", murmelte er immer wieder vor sich hin, und: „Da muss doch endlich was passieren!"

Und schließlich passierte tatsächlich etwas. Doch auch wenn manche Wissenschaftler sagen, dass zuweilen sogar schon der einzelne Flügelschlag eines Schmetterlings einen Sturm auslösen könne: Mit dem Sturm, der in dieser Nacht über Lukas´ Wald fegte hatte kein Schmetterling, keine Rabenfedern und auch kein Stachel etwas zu tun. Zumindest glaube ich das nicht. Aber das hat wiederum nicht immer etwas zu sagen. Wenn man etwas nicht glaubt könnte das einfach auch damit zu tun haben, dass man einfach nicht über genug Phantasie verfügt um sich solche Zusammen-hänge lebhaft vorstellen zu können.

Doch das würde jetzt zu weit führen - viel zu weit. Kommen wir also zurück in Lukas´ Wald und zu dem mächtigen, tosenden Sturm, der sich dort zu-sammengebraut hatte. Man hätte ihn wohl durchaus als die Mutter aller Stürme bezeichnen können, und dass, ohne dabei übermäßig zu übertreiben.

Es war ein Sturm, wie es ihn in unserer Gegend selten gibt. Seine Kraft war beängstigend, direkt schon unheimlich.

Heftig und laut heulte der Wind um das Haus, rüttelte an den Rollläden und wuchs in kurzer Zeit zu einem Bäume fällenden Sturm an. Den Tieren war ihre Nervosität ganz besonders anzumerken.

Stachel tauchte sofort ab, Katze verkroch sich unter das Bett, und von der Eule war weit und breit nichts zu sehen. Auch von Kieran gab es keine Spur. Doch wie Räuber sich plötzlich aufführte, das war mehr als nur die Angst vor der wirbelnden, verrückten und gänzlich ungezähmten Kraft dieser plötzlichen Luftmassen.

Er lehnte sich mit der Vorderpfote gegen die Haustür und hörte nicht mehr auf zu winseln und zu bellen. Lukas konnte versuchen was er wollte: Es war ihm einfach unmöglich Räuber zu beruhigen. Er versuchte vergeblich alles um ihn ein wenig abzulenken. Räuber bellte weiter und wurde immer lauter.

Sogar als der Sturm sich wieder gelegt hatte, und mit einem Mal alles in eine geradezu gespenstische Ruhe getaucht war, zerriss sein wildes, gehetztes und verzweifeltes Bellen, Knurren und Jaulen die unheimliche Stille und die Nacht. Seine braunen Augen hatten einen flehenden Ausdruck angenommen. Er winselte kläglich. Es war nun ganz offensichtlich, dass Räuber unbedingt hinauswollte. Lukas wusste zwar, dass man nach einem Sturm nicht in den Wald gehen sollte, aber Räuber tat ihm leid.

Als er daher die Tür einen Schlitz weit öffnete, drängte sich Räuber eilig und bellend hindurch und verschwand. Lukas wollte sofort hinter ihm herrennen, doch gleichzeitig war ihm klar, dass das nach so einem Sturm sehr gefährlich war. Lukas dachte nach, und plötzlich fiel ihm ein, was vielleicht passiert war: Wenn Räuber sich so anstellte, dann lag es nahe, das fand Lukas zumindest, dass dem alten Simon während des Sturms etwas passiert war. Er wusste, dass Tiere so etwas spüren können.

Selbst dann, wenn der Mensch um den es geht weit weg ist.

Der Sinn der Tiere ging über den der Menschen weit hinaus. Ohne noch länger darüber nachzugrübeln rannte Lukas zum Telefon und rief erst den Förster an und dann Kai. Und so kam es, dass der Förster und Kais Vater in den Wald hinausgegangen waren, um nach Simon zu sehen.

Es war genauso, wie Lukas es vermutet hatte.

Ein schwerer, großer Baum war auf seine Waldhütte gefallen, und Simon lag eingeklemmt vom eingestürzten Dach auf dem Boden und konnte sich nicht rühren. Räuber stand bellend neben ihm. So fanden ihn die beiden Männer.

Lukas und auch Kai wussten was das bedeutete: Räuber gehörte einfach doch zu dem alten Simon. Vom Tag des Sturmes an blieb Räuber wieder bei ihm. Mom hatte darauf bestanden. Das heißt: zunächst hatten sich Kai und Lukas noch um Räuber gekümmert, da die Hütte für ein paar Tage nicht bewohnbar gewesen war.

Dann, als es Simon mit seinem Bein wieder besser ging, und auch das Dach der Hütte wieder repariert worden war, wieder dort. Simon hatte sich verändert. Das heißt: zunächst hatten sich Kai und Lukas noch um Räuber gekümmert, da die Hütte für ein paar Tage nicht bewohnbar gewesen war.

Das Geräusch der gereizten Wespen, welches ihn stets umgeben hatte, war gänzlich verschwunden. Es ist nicht immer so, doch manchmal kann sich ein Mensch tatsächlich ändern, sogar so ein ziemlich alter Mensch wie Simon. Er behandelte Räuber nun mit der Aufmerksamkeit und dem Respekt, der ihm schon viel früher zugestanden hätte. Zum Glück sind Hunde nicht so nachtragend, dachte sich Lukas. Zum Glück der Menschen. Bei seiner eigenen, eigenwilligen Katze hätte das sicherlich ein anderes Ende genommen. Und auch bei all seinen anderen Tieren. Doch Räuber, er war eben der Eine, der dem Alten noch eine Chance gegeben hatte.

Nach allem was er ihm angetan hatte, war er tatsächlich noch zu Simons Hütte gerannt um ihn dort zu retten. Wenn man sich das überlegte!
Wie treu ein Hund doch war. Obwohl es zahlreiche vergleichbare Geschichten gibt, die alle Ähnliches erzählten, so berührt es einen, wie ich finde, trotzdem immer wieder aufs Neue wie sehr Hunde dazu in der Lage sind den Menschen zu verzeihen. Oft leider umsonst. Doch Simon wusste diese Chance zu nutzen, die Chance, die Räuber ihm gegeben hatte, und auch Kai und Lukas wurden seither oft bei ihm gesehen. Simon war wie ausgewechselt. Er zerstörte nicht einmal mehr Insekten, und er legte plötzlich einen ganz großen Wert darauf, dass Spinnennetze nicht zerstört wurden. Simon schien mit einem Mal jedes Lebewesen im Wald, nicht nur den Hund Räuber, zu achten. Auch zu Lukas und Kai war er seit dem großen Sturm in der besonderen Nacht ganz ausgesprochen freundlich und gelassen. Von seiner brummigen Art war gar nichts mehr geblieben. Durch ihn lernten sie viel über den Wald. Wie er ihnen alles zeigte war echt so richtig spannend, sie waren jetzt gerne in seiner Nähe. Simon zeigte ihnen die Fütterungsstellen für Rehe und ein Gehege für Wildschweine, das etwas außerhalb gelegen war.

Mehr als einmal durften sie ihn dorthin begleiten. Sie halfen ihm dabei kranke Bäume zu markieren, und Simon erklärte ihnen, dass Bäume an der Wetterseite bemoost sind, so dass man sich daran orientieren kann, falls man sich einmal komplett im Wald verlaufen sollte. Simon war das einmal passiert, doch nicht in diesem Wald, sondern weit weg, in Amerika.

Als junger Mann war er dort als Ranger in einem Nationalpark gewesen. Noch ganz andere Tiere hatte es dort gegeben. Grizzly-Bären vor allem und Simon wies darauf hin, dass jeder Fehler im Umgang mit ihnen dort wohl tödlich ausgegangen wäre. „Gab es dort auch Raben?" Lukas konnte einfach nicht anders. Raben waren einfach so sein Ding. Erst schaute ihn Simon ziemlich verdutzt an. Wie kam dieser Junge nur auf Raben während er ihm hier eine Geschichte auf Leben und Tod erzählen wollte?

Riesige Bären mit grauenvollen Tatzen und furchterregenden Zähnen, die sich auf ihn stürzen wollten? Und dieser Lukas war nur an Raben interessiert. „Die gibt es doch überall", antwortete er ihm. Lukas grinste, erfreut über diese Antwort. Wenn es überall Raben gab, dann konnte die Welt auf keinen Fall schlecht sein. Auch nicht das so weit

entfernte Amerika mit seinen Bären. Simon seufzte kurz, und machte sich dann daran den beiden zu erklären, wie sie sich, nicht nur in Amerika, sondern auch hier, im Wald verhalten mussten.
Durch das Moos konnte man ganz eindeutig die Himmelsrichtung erkennen. Am Fluss zeigte er ihnen Marder und Frösche, und einfach alles, was es da auch nur im Ansatz zu sehen gab.

Einmal zeigte er ihnen sogar einen Luchs, das war eine absolute Seltenheit in diesem Wald.
Lukas und Kai trauten ihren Augen kaum, als sie ihn durch das Unterholz schleichen sahen.

Er legte seinen Finger über die Lippen um ihnen damit anzudeuten, dass sie keinen Ton von sich geben sollten, die Augenbrauen senkte er finster ab.

Lukas und Kai hielten schnell die Luft an und verhielten sich absolut still. Der Luchs zog vorüber und Simon atmete sichtlich erleichtert auf.

Es war ihm anzusehen, dass er sich Sorgen um sie beide gemacht hatte. Auf dem gesamten Rückweg noch sah er deswegen etwas blass aus. Einfach unfassbar wie sehr er sich von dem Mann unterschied, der er noch vor kurzem gewesen war. Sogar sein Aussehen hatte sich geändert. Sein Gesicht, die Art wie er sich bewegte und wie er sprach. Sogar seine Stimme klang anders. So eine Veränderung wie bei Simon gab es selten.

Die tiefe Fleischwunde, die er sich bei dem Sturm zugezogen hatte, wollte nicht mehr richtig verheilen, doch Simon beklagte sich nie.

Man sah ihm an, dass er Schmerzen hatte, doch niemals wieder ließ er die Dinge, die ihm nicht passten, an Räuber aus. Nicht einmal dann als zu allem auch noch eine sehr schwere Lungenentzündung mit starkem Fieber hinzukam. Während Simon nun daher im Krankenhaus lag, durfte Räuber bei Kai wohnen. Doch Kai, der sich bis vor einiger Zeit nichts sehnlicher gewünscht hatte als dass Simon ganz aus seinem und vor allem aus

Räubers Leben verschwinden würde, war darüber nicht sehr glücklich. Zu sehr und zu tief berührte ihn das offensichtliche und große Unglück von Räuber, der seither nicht mehr richtig fressen wollte, und nur noch in der Ecke lag. Es war so als spürte er genau, dass es seinem alten Herrchen nicht gut ging.

Zunächst dachten alle, dass sich Simon bald wieder erholen würde, doch dem war leider nicht so, auch wenn es erst, auch aufgrund seiner stabilen Gesamt-verfassung, danach ausgesehen hatte. Selbst der Arzt war optimistisch gewesen. Umso geschockter waren Lukas und Kai, als Simon von einem Tag auf den anderen immer schwächer und schwächer wurde.
An seinem letzten Tag ließ Mom sie nicht zu ihm. Lukas fand das gemein, aber sie ließ an diesem Tag nicht mit sich reden. So blieb sie allein bei ihm im Krankenhaus bis er seinen Frieden schließlich gefunden hatte.
Das hatte er wirklich. Lukas, Kai und Räuber blieben so lange im Wald. Von weitem sahen sie Simons Hütte, doch sie trauten sich nicht, näher zu kommen. Zu traurig war die Vorstellung, dass in dieser Hütte kein Simon jemals wieder sitzen würde. So hielten sie sich in gehörigem Abstand zu seiner Hütte auf, die im dunkel werdenden Wald

immer mehr mit dem Wald selbst zu verschmelzen schien. Abends dann kam Mom zu Lukas ins Zimmer. Etwas war anders als sonst. Sie sah sehr erschöpft aus, und trotzdem dann gleichzeitig auch wieder nicht, was komisch war, wie Lukas fand. Ihre Augen leuchteten sogar richtig-gehend. Mom sagte, dass er keine Angst gehabt hätte in seinen letzten Stunden, und dass er, in seinem allerletzten Augenblick gelächelt habe, so als habe er etwas besonders Schönes gesehen. Sie sah selbst ganz glücklich aus, als sie das erzählte Lukas dachte sich, dass Simon die Gärten gesehen haben könnte, von denen der weise Zauberer Euklesophos berichtet hatte. Gewundert hätte es ihn zumindest nicht. Kai sah das ein wenig anders, aber er kam auf seine Art damit zurecht. Räuber wiederum trauerte lange, und es dauerte viele Wochen, bis er wieder richtig fraß und endlich damit begann, gemeinsam mit den Jungen, erneut ein wenig im Wald herumzustreifen. Lukas und Kai ließen ihn jedenfalls nicht mehr aus den Augen. Manchmal besuchten sie den alten Simon alle gemeinsam auf dem Waldfriedhof.

Räuber wollte es so. Er führte die beiden immer mal wieder dorthin. Lukas und Kai hatten nichts dagegen. Jemand hatte das Grab mit blauen Blumen bepflanzt.

Lukas hatte Mom im Verdacht, aber er hatte sie noch nicht danach gefragt. Symbolblumen, sozusagen. Es waren *Vergissmeinnicht.*
Als Erinnerungshilfe wäre das allerdings nicht nötig gewesen wenn man sich Räuber so betrachtete.

Lukas war ein wenig stolz auf sich weil er es schaffte zu Simons Grab zu gehen. Noch immer war es ihm unmöglich das Grab seines Vaters und seiner Schwester zu besuchen. Gräber bereiteten ihm seit dem Unfall eine schier unerträgliche Angst. Doch im letzten Jahr hat er mit seiner Mutter zusammen ein Vogelgrab für Ruby, den kleinen toten Raben angelegt, und nun schaffte er es, Simon zu besuchen. Lukas fand, dass das für den Anfang gar nicht mal schlecht war. Er und Kai betrachteten die hellblauen *Vergissmeinnicht* still eine Weile. Kai scharrte ein wenig mit dem Fuß und er sah traurig aus. Ja, vergessen würden sie ihn nicht.
Auch Kai wusste, dass sie ohnehin immer wieder an den alten Simon denken würden. Daran brauchte man sie nicht zu erinnern. So vieles im Wald erinnerte ständig an ihn. Wie er ihnen die Spinnennetze gezeigt hatte und all das andere. Wie freundlich er gewesen war, so ganz zum Schluss. Lukas dachte an Mia und an das, was sie ihm gesagt hatte.

Worauf es ankam. Auf das JETZT, JETZT, JETZT. Sie hatte es immerzu wiederholt, und Lukas versuchte das nun auch. Er sagte es nicht laut, doch er dachte es. Tatsächlich wirkte es. Er dachte daran, wie sie ihren Zeige-Finger in die Handfläche der anderen Hand gelegt hatte. Kai hielt sich ein wenig an Räuber fest. So ganz einfach war es nie, an einem Grab zu stehen. Das war beiden jetzt klar. Auch wenn Simon nicht zur Familie gehörte, trotzdem war er ihnen in der letzten Zeit wichtig gewesen und es war traurig zu wissen, dass er nun nicht mehr hier war. Auf sein Grab hatten sie einen kleinen Kürbis gestellt – mit einem Licht darin.

Das sah schön aus, die kräftige, orangene Farbe und das helle Leuchten bildeten einen ganz besonderen Kontrast. Und dort war es, wo Kai Lukas zum ersten Mal ganz genau und in jedem Detail erzählte, was mit seiner Mutter geschehen war, warum sie nicht mehr da war, bei Kai und seinem Vater.

Gemeinsam hatten sie sich auf die Walderde gesetzt und dort geredet bis es schon anfing dunkel zu werden. Niemals hätte Lukas das für möglich gehalten. Obwohl er die Geschichte mit Kais Mutter so richtig schlimm fand, freute er sich innerlich dennoch darüber, dass Kai ihm so vertraute.

Es war ihm klar, dass man so etwas nicht gerade
jedem erzählte. Ihm wurde mit einem Mal außerdem ganz deutlich bewusst, dass er und Kai nun so
richtig gute, vertraute Freunde geworden waren.
Das war gut, aber er merkte auch, dass es ihn nun
traurig machte wenn Kai traurig war.
Wahrscheinlich machte eben das eine gute, eine
echte Freundschaft aus. Und offenbar machte es das
zugleich schön und auch schwer. Wenn Kai ihm
egal gewesen wäre, dann wäre ihm vermutlich auch
das gleichgültig gewesen was ihm widerfahren war.
Doch war dies nicht der Fall. Ganz und gar nicht.
Sehr langsam und mit vielen Pausen gingen sie an
diesem Abend nachhause. Sie wollten nämlich noch
möglichst lang noch zusammen sein; Kai genauso
wie Lukas. Anton war ebenfalls im Wald, er befand
sich auf dem Weg zu Agathe, seiner Klavierlehrerin,
die abgeschieden wohnte, so dass man den Wald
durchqueren musste um zu ihrem Haus zu gelangen.
Anton hatte sich angewöhnt leise zu gehen. So sah
und hörte man ihn kaum. Doch je weniger man ihn
selbst sah oder hörte, umso mehr sah und hörte er
die Welt um sich herum, was ihn glücklich machte.
Lukas und Kai freilich wussten davon nichts.
Sie genossen ihre gemeinsame Zeit und den Wald
ohne über solcherlei Dinge nachzudenken.

Stachel jedoch sahen sie in dieser Zeit selten. Er hatte nämlich, so wie meistens, seine eigenen Pläne.

Kapitel 5
Kais´ Fluchten

In den ersten Wochen und Monaten nachdem seine Mutter alle verlassen hatte, war Kai immer wieder von zuhause weggelaufen.

Der Schock saß tief, und die Tatsache, wie die anderen Menschen über seine Mutter sprachen, machte es nun wirklich nicht besser. Der Arzt, zu dem er ein paar Mal gegangen war hatte versucht ihm zu erklären, was es mit der Krankheit seiner Mutter auf sich hatte.

„Depressionen". Dieses Wort verfolgte Kai nun bis in die Nächte. Er konnte nicht sehr viel damit anfangen, und damit war er offenbar nicht allein. „Die sollte sich aber wirklich mal zusammen-reißen, labil ist die", „Wer denkt sie ist sie? Uns allen geht es ab und zu schlecht!",

„Diese Egoistin!"

Das waren noch die freund-licheren Dinge, die Kai über seine Mutter hören musste. Er hatte Briefe von ihr gefunden, Gedanken, die sie aufgeschrieben hatte. Drei davon hatten sich ihm besonders eingeprägt.

Darunter hatte sie Zeichnungen gesetzt, Farbtupfer
und chaotische Linien. Warum musste das ihr
passieren? Warum war sie so? Und warum traf es
gerade ihn, da sie ja seine Mutter war? So sehr einen
im Leben oft ein Unglück trifft: Manchmal trifft
einen auch das Glück. Inmitten von Kais großem
Unglück in Bezug auf seine Mutter, gab es da noch
das kleine Glück. Das kleine Glück, welches für ihn
zu einem großen wurde: Maxime, seine Katze. Sie
spürte es, wenn Kai unglücklich war. Entweder
kringelte sie sich in solchen Momenten bei ihm ein
und schnurrte so laut, dass die Vibrationen ihn
beruhigten und trösteten, oder aber sie spielte mit
ihm. In solchen Fällen lockte sie ihn quer durch das
Haus und sprang auf den höchsten Schrank, Sie
präsentierte ihm eine lebendige Maus, die er dann
suchen, und wieder hinausbugsieren musste, sie
balancierte hoheitlich auf der gefährlich schmalen
Balkonbrüstung, (immer mit einem Seitenblick auf

Kai) oder aber sie begann fanatisch am arabischen Wandteppich seines Vaters zu kratzen. Kurzum: Maxime unternahm alles, um Kai auf Trab zu halten, so dass er gar nicht erst zum Grübeln kam. Allerdings verharrte sie genau so lang vor dem Wandteppich, dass Kai eine realistische Chance hatte von dort wegzuziehen *bevor* sie angefangen hätte sich die Krallen zu schärfen. Sie wusste einfach wie Kai am besten zu trösten und am einfachsten abzulenken war, ohne ihn dabei in wirkliche Schwierigkeiten zu bringen.

Beim arabischen Wandteppich verstand sein Vater nämlich keinen Spaß. Maxime schien das alles zu wissen. Während Kai ihr zum Speicher hinauf folgte, sie schnell auf den Arm nahm und besorgt an sich presste, wenn sie wie eine Seiltänzerin über den Balkon balancierte, wenn er den Wandteppich in letzter Sekunde noch vor ihren Krallen bewahren konnte, dann dachte er tatsächlich nur noch an den Augenblick. An Maxime und daran, was alles zu tun war. Wenn sie dann abends bei ihm lag, dachte er nach. Doch das Denken schmerzte viel weniger, als das ohne Maxime der Fall gewesen wäre. Nur dann, mit einem Mal, konnte selbst Maxime nicht mehr viel helfen. So sehr er sich bemühte – so ganz konnte er das alles nicht verstehen.

Oft wollte er einfach nur noch weg sein. Ganz weit weg. So weit, dass er nicht mehr würde nachdenken müssen – nicht über die Sätze seiner Mutter, nicht über das Wort „Depressionen", und nicht über das, was die anderen Menschen über seine Mutter sagten. Er wollte nicht mehr darüber nachdenken wie er sie gefunden hatte - er wollte einfach nur noch da sein, da sein ohne nachzudenken. Das Weglaufen kam ihm da sehr entgegen. Einmal wurde er in der Stadt von der Polizei gefunden und sofort wieder zu seinem Vater gebracht. Ein anderes Mal hatte ihn ein Schaffner aus dem Zug holen lassen, weil er keine Fahrkarte bei sich hatte, dann schließlich war er für einen halben Tag auf einem kleinen Fluss-dampfer unterwegs. Natürlich kam er auch hier nicht weit. Er machte jedes Mal ein Riesen-Theater, wenn er wieder nachhause gebracht wurde. Andererseits war das auch nicht gerade schwer zu verstehen. Nach dem, was er dort erlebt hatte, war es ja immerhin ziemlich verständlich, dass er von dort ausreißen wollte.

Irgendwann, Kai wusste eigentlich selbst nicht warum, ließ er es bleiben, einfach so. Vielleicht hing das mit seiner Katze zusammen oder mit Tiffy, dem Hamster. Möglicherweise hatte er aber auch einfach nur das Interesse daran verloren.

Eine Zeit lang sah es so aus. Es sah sogar so aus, als habe er das Interesse an so ziemlich allem verloren. Der Arzt, zu dem er noch immer ging sprach immer noch von „Depression", diesmal meinte er offenbar Kai selbst. Ja, dieses Gefühl war kein Spaß. Ganz im Gegenteil. Alles, das schön war oder schön gewesen war verschwand als würde jemand mit einem riesigen, schweren Staubsauger alles in sich hineinsaugen. Kai hatte keine Energie und Kraft übrig, und er lachte beinahe ein ganzes Jahr überhaupt nicht mehr. Und das wollte was heißen. Kai, das sollte man nämlich wissen, lachte sonst überaus gerne. Aber plötzlich ging es beim besten Willen nicht mehr. Es war, als hätte jemand in seinem Kopf einfach so einen Schalter umgelegt oder ihn mit Leere angefüllt die sich, obwohl es doch Leere war, so schwer anfühlte. Manchmal gelang es ihm kaum seine Beine anzuheben. Sie waren so schwer geworden. Alles war unendlich schwer geworden. Gelegentlich sogar allein schon das Atmen. Alles schien außerdem leer, grau und vollkommen bedeutungslos geworden zu sein. Maxime blieb treu während der ganzen Zeit an seiner Seite. Ich weiß nicht, ob Kai sonst nicht noch mehr gelitten hätte. Ab und zu machte er etwas kaputt oder sorgte dafür, dass es jemand anderem auch schlecht ging, doch das half ihm auch nicht weiter.

Der Arzt machte sich Sorgen, Kais Vater natürlich auch.

Er bekam Tabletten und alle hatten viele Ideen was er machen müsste um sich besser zu fühlen. Kai selbst jedoch fühlte gar nichts. Nur Leere. In dieser schrecklichen, unbeschreiblichen Zeit war ihm alles vollkommen gleichgültig. Merkwürdig war, dass ausgerechnet Lukas, der Junge, den er in der Schule immer aufs Korn genommen hatte, dafür sorgte, dass es ihm wieder besser ging. Es war keine Zauberei im Spiel. Lukas wurde einfach nur sein Freund. Und er hörte ihm genau zu. Nicht mehr und nicht weniger. Kai wusste mittlerweile, dass das, was ihm half, also die enge Freundschaft mit Lukas, nicht bei jedem geholfen hätte. Und auch, dass er echtes Glück mit dem richtigen Zeitpunkt gehabt hatte. Doch wusste er trotz allem, dass es kein Rezept gab, welches bei jedem genau gleich wirkte. Von Rezepten und Ratschlägen hatte er genug. Er sprach mit Lukas über die drei Sätze aus dem Tagebuch seiner Mutter. Lukas hörte genau zu und sagte nichts. Nur einmal betonte er, dass die Menschen oft besser seien als man glaubte, dass das aber nicht heißen sollte, dass seine Mutter etwas Falsches geschrieben hätte. „Ich glaube, dass es auf jeden Fall so aussehen kann", fasste er zusammen.

Mehr sagte er nicht zu dem Thema, und dafür war ihm Kai außerordentlich dankbar. Er spürte, dass Lukas ihm gut tat. Und zwar in diesen Momenten *nur* Lukas. Einen Freund wie Lukas konnte man nicht mit Gold aufwiegen. Dem ging es ähnlich.

Was Kai persönlich jetzt also brauchte war Lukas, und Lukas brauchte ihn. Manchmal erzählte ihm Lukas eine von Mias Geschichten. „Wahrscheinlich wird sie mal Schriftstellerin und schreibt eine Menge Bücher", vermutete Kai. „Zauberbücher", grinste Lukas. „Klar! Was denn sonst?" Es stimmte nämlich - ihre Geschichten zauberten die Welt ein wenig schöner oder anders oder einfach nur bunter. Es war schwer zu erklären, doch wenigstens diese Geschichten waren es, die Kai durchatmen ließen. Auch wenn sie, für seinen Geschmack, allesamt viel zu kurz waren. Sie erzählte von Bruno dem abenteuerlustigen Bären, einem Wüstenfuchs, Fennek, mit seiner Freundin Fenja, einem hübschen Schweinchen das „Rosamunde" hieß und einem dicken, russischen Hündchen namens Alexandr Alexandrowitsch. Es waren kleine, winzige Urlaube von der derzeitigen Schwere seines Lebens. Und wer wünschte sich nicht, dass solche Urlaube ein wenig länger anhielten? Doch das Gute war, dass Mia sehr viele Geschichten kannte.

So wie die mit Prokryon, dem Schmetterling und den ungleichen Freunden aus der Königsgrotte, Damit wiederum war fast alles auszugleichen.

Kapitel 6
Mia und Fuchs

Mia hingegen brauchte ihre Geschichten ab und zu am nötigsten, und das kam so: Eines Tages spielte Mia, wie so oft, direkt am Waldrand.

Plötzlich hatte sie ein leises und dennoch zugleich deutliches Maunzen und Wimmern im Moos gehört. Es klang genau wie ein Kätzchen.

Vorsichtig, ganz langsam und behutsam hatte sich Mia schließlich herangeschlichen.

Tatsächlich. Ein winziges rötliches Fellbündel lag dort und zitterte heftig. Schnell hob Mia das Kätzchen auf und wickelte es in ihre Jacke.

Sofort hörte es auf zu wimmern. Ihre Mutter schlug Mia vor erst einmal Zettel im Dorf auf-zuhängen, um zu schauen, ob jemand dort ein Kätzchen vermisste. Nach über vier Wochen hatte sich jedoch noch immer niemand gemeldet, und Mia durfte das Kätzchen tatsächlich behalten.

Sie nannte es „*Fuchs*", weil es so rot war wie ein Fuchs und auch, weil es einen so buschigen Schwanz mit einer langen, weißen Schwanzspitze, sowie einen sehr kräftigen Kiefer hatte. Außerdem war es auch mindestens so klug wie ein Fuchs.

Es konnte nämlich gleich mehrere Tiere nachmachen. Sein beachtliches Maunzen klang wie das Krächzen einer erfahrenen Krähe, es hoppelte wie ein Hase und manchmal, wenn es richtig gute Laune hatte, gurrte es wie eine Taube. Selbst wenn es sein kleines Mäulchen nicht offen hatte, sah man seitlich kleine spitze und besonders helle Eckzähne hervorblitzen.

Auch das machte Fuchs zu einer echten Rarität. Bald war Fuchs im ganzen Dorf bekannt und berühmt. Mia war sich sicher, dass der frühere Besitzer von Fuchs sich mittlerweile ziemlich darüber ärgern würde, weil Fuchs nun nicht mehr bei ihm wohnte.

Jetzt, wo er so beliebt, prominent, bekannt und begehrt war. Aber wer auch immer es gewesen sein mochte: Er hatte Fuchs nicht verdient! *„Das findest du doch auch, Fuchs, oder?"*, fragte sie das Kätzchen. Fuchs grunzte nur wie ein Ferkelchen und rollte sich glücklich zusammen. Und Mia war einfach nur froh, dass sie so ein tolles Kätzchen wie Fuchs hatte. So richtig bekannt wurde Fuchs schließlich durch die Freundschaft mit einem Raben. Fuchs hatte ihn sozusagen adoptiert. Er folgte ihm auf Schritt und Tritt.

Das fiel den Menschen auf. Sie lachten darüber, aber nicht nur das. Irgendwie beeindruckte es sie auch.

Ein Reporter hatte sogar ein beeindruckendes Bild von den beiden gemacht, und Mias Mutter hatte den Artikel, für alle sichtbar, stolz an den Kühlschrank gepinnt. „*Ungleiche Freunde*" stand da in riesigen Buchstaben, und das Bild darunter sah toll aus. Fuchs und der Rabe liefen dicht und zufrieden nebeneinander her, so als wäre das die aller-natürlichste Sache überhaupt.

Doch war Fuchs tatsächlich zu Freundschaft fähig? Es gab Tage, an denen sie zu Fuchs keinen Zugang fand. Die prächtige rote Katze, deren besondere Fellfärbung ihr den Namen eines Wildtieres, nämlich: „*Fuchs*" eingebracht hatte, verkroch sich manchmal einfach ohne jegliche vorherige Warnung oder Anflug einer Ankündigung tagelang irgendwo. Dabei sorgte sie dafür nicht auffindbar zu sein, so dass Mia sie viele Tage lang vergeblich rief und suchte. Mia war sich nicht sicher, ob es daran lag, dass er als kleine Katze ausgesetzt worden war. Vorstellen konnte sie es sich aber schon. Einmal fand sie Fuchs doch. Hinter der alten Ruine hatte sie deutlich etwas Feuerrotes aufblitzen sehen. Es war Fuchs, der dort tief schlief und der Mia, nachdem er aufgewacht war, mit einem solch ablehnenden Ausdruck bedachte, dass sie erschrak. Fuchs wollte allein sein, allein und für sich. Es war ihm egal, dass es Herbst war. Nebel und Kälte, Regen oder Schnee störten ihn nicht. Nur die Gesellschaft anderer schien er von Zeit zu Zeit regelrecht zu verabscheuen. Mia, die trotz seiner Ablehnung nicht gleich aufgeben wollte, versuchte Fuchs mit sich nach Hause zu locken, doch ohne Erfolg. Glücklich wirkte er nicht gerade, eher trotzig, dennoch zugleich aber auch vom Sinn seines Tuns heftig überzeugt. Und so harrte er wild entschlossen aus. Viele Tage und noch viel mehr Nächte verbrachte er gänzlich allein. Sein Katzen-bett, das Mia ihm aus Wolldecken und einem Korb gebaut hatte, blieb in dieser Zeit verwaist und leer, was Mia traurig stimmte. Doch ändern ließ sich das nicht. Fuchs hatte eben so seinen eigenen Kopf und abbringen ließ er sich nun einmal von nichts. Auch Mia, ja, nicht einmal sie, konnte daran etwas ändern. Vielleicht war es Fuchs einfach wesentlich lieber sich nicht allzu sehr auf jemand Anderen einzulassen. Oder aber die Natur sprach auf eine Weise zu ihm, wie kein anderer dies je vermocht hätte. Im Gegensatz zu Krakan, dem Raben, der Lukas eine seiner Federn dagelassen hatte, nachdem er sich für eine Weile verabschiedet hatte, hinterließ Fuchs Mia keine Botschaft, als er an einem Tag – ohne Wiederkehr - verschwunden war. Niemals mehr sah man ihn wieder. Nur ab und an fand sich auf der Türschwelle vor Mias Haus eine Maus.

Offenbar das Geschenk einer Katze, die unbedingt unerkannt bleiben wollte. Lebende Mäuse wären Mia natürlich viel lieber gewesen. Sie gab sich manchmal selbst die Schuld daran, an allen Dingen. Selbst an denen, die sie gar nicht in der Hand hatte. So eben wie die Sache mit Fuchs. Fuchs, das war nicht zu leugnen, hatte da wohl seine eigenen Regeln aufgestellt. Und mit Mia hatten sie gar nichts zu tun. Doch andererseits war das etwas, das auch nicht immer gerade leicht zu verstehen war. Somit verstand Mia nicht warum Fuchs einfach nicht mehr zu ihr kommen wollte. Sie konnte nicht begreifen warum er ihr zwar eine Maus brachte aber sich nicht selbst zeigte. In diesen Momenten, in denen ihr das alles besonders verworren zu sein schien, war sie böse auf Fuchs. Böse und auch unsicher.

Dann wiederum sagte sie sich einigermaßen froh, dass sie vermutlich nichts Falsches getan habe, denn sonst wäre sie ja wohl schwerlich in den Genuss eines Geschenkes gekommen. Fuchs hatte ihr immerhin die Maus geschenkt. Etwas, das, wie man ja im Allgemeinen wusste, eine ganz besondere Ehre darstellte.

Jemand, der ein solches Geschenk von einer Katze erhielt, konnte sich daher im Grunde nur glücklich schätzen. Und wenn man schon mal etwas geschenkt bekommt, dann muss man wohl nehmen was man erhält. Manchmal lag Mia auf der Lauer, um Fuchs auf frischer Tat zu ertappen.

Doch so lange sie auch wach blieb und still auf ihn wartete, ist es ihr nie gelungen ihn auch nur ein einziges Mal noch einmal von Nahem zu sehen. Jemand wie Fuchs, das war eine Sache der Ehre, ließ sich niemals erwischen.

Schlau war er und schnell wie ein Hase. Somit hatte Mia natürlich keine Chance.

So sehr sie sich auch anstrengte um herauszufinden womit sein plötzliches Verschwinden zusammenhängen konnte: Mia blieb ratlos. Sie konnte sich nicht daran erinnern Fuchs jemals beleidigt oder gekränkt zu haben.

Da war sie sich zunächst ziemlich sicher. Doch mit der Zeit schwand sogar diese Sicherheit.

Zurück blieb die quälende Frage, was sie denn falsch gemacht haben könnte.

Schließlich war sie sogar davon überzeugt *dass* sie etwas falsch gemacht hatte. Was sonst? Eine andere Möglichkeit konnte sie sich plötzlich nicht mehr vorstellen. Kai ging es derweil ebenso. Doch in einem gänzlich anderen Zusammenhang.

Kapitel 7
Die Reise zum Meer

Ich kann nicht sagen woran es lag, doch Kai, der nie über seine Mutter gesprochen hatte, begann nach dem traurigen Vorfall mit Simon etwas mehr zu erzählen.

Ab und zu, wenn Räuber, er und Lukas, unterwegs waren, konnte es ab und zu sogar vorkommen, dass er ziemlich lang und am Stück von ihr sprach.

Lukas sagte in diesen Momenten nichts. Er hörte einfach zu, und manchmal streichelte er Räuber oder warf einen Zweig, damit Räuber ihn fing. Am meisten erzählte Kai, wenn sie auf dem Katzenfelsen saßen.

Der Katzen-Felsen hatte seinen Namen noch aus ganz alter Zeit. Angeblich hatten mindestens 17 verwunschene Weidenkätzchen von den größeren Weiden, die in der Nähe des Felsens wuchsen, sich dort in echte, haarige Katzen verwandelt.

Dem Katzen-Felsen wurden magische Kräfte nachgesagt und zudem die durchaus nicht unwichtige Fähigkeit Dinge und Lebewesen zu befreien. So richtig konnte Lukas sich das nicht vorstellen. Doch andererseits: Wer wusste denn so etwas schon genau?

In jedem Fall befreite der Felsen Kai: Hier sprach er zunehmend offener von seiner Mutter, die, bevor sie die Familie verlassen hatte, nicht mehr am Leben sein wollte. Sie hatte unter einer Krankheit gelitten, die sich den Menschen auf die Seele legt. Diese schwere Krankheit macht das mit den Menschen. Ganz lange hatte Kai aber gedacht, dass das seine Schuld wäre, wenn sie so traurig war.

Lukas erzählte Kai auch von seiner Mutter, die nach dem schrecklichen Unfall damals so abwesend geworden war und unerreichbar. Als er Kai schilderte wie Mama da gesessen hatte mit ihrem fernen, gänzlich nach innen gerichteten Gesicht, dann nickte Kai. So ungefähr war es bei seiner Mutter auch gewesen. Nur schlimmer. Sie und Kais Vater hatten sich nicht mehr verstanden, aber sie wollte trotzdem nicht weg wegen Kai, und der hat getan was er konnte, damit es ihr wieder besser gehen sollte. Meistens schlief er sogar bei ihr im Bett, nur damit sie nicht allein war, oder traurig.

Doch genützt hat das wohl nichts. An einem Tag dann lag sie bewusstlos im Bett. Neben ihr lagen leere Tablettenröhrchen. Zum Glück konnte sie damals gerettet werden, doch zurück zu ihrer Familie war sie nie wieder gekommen.

Und obwohl alle ihm das Gegenteil versichert hatten, gab sich Kai heute noch die Schuld daran, und ebenso wusste er seither nicht mehr, ob er seine Mutter hassen oder lieben sollte. Auch hier brachte es nichts, was die anderen sagten. Dass seine Mutter krank war und nichts dafür konnte, und dass sie ihn trotzdem liebte. Woher wollten die das denn wissen? Kai hatte Lukas von seinen Zweifeln erzählt, und Lukas konnte sich, wenigstens so ungefähr, ganz im Ansatz immerhin, vorstellen wie er das meinte. „Deswegen mag ich den Fluss", sagte Kai. „Der Fluss ist nicht böse und nicht gemein, trotzdem bleibt er nicht stehen, er zieht weiter – so wie meine Mutter. " Lukas nickte.

„Ich glaube nicht wirklich, dass meine Mutter gemein war", sagte Kai, dann sah er wieder auf den Boden, „nur manchmal", ergänzte er seinen Satz beinahe lautlos und ohne Lukas anzusehen. „Komm, lass uns zum Fluss gehen", schlug Lukas vor, da er es nicht ertragen konnte Kai so in sich zusammengesunken zu sehen.

Der nickte, und sie liefen los. Räuber dicht neben Kai. So oft, so lang und so offen hatte er nie zuvor von seiner Mutter gesprochen. Ob es vielleicht damit zusammenhing, dass bei Kai neulich eine Postkarte aus Holland von seiner Mutter, die nun eben dort lebte, angekommen war, wusste Lukas nicht.

Andererseits konnte es kaum ein Zufall sein, dass Kai seither von der Idee besessen war einfach hinzufahren – nach Holland ans Meer. Und Lukas sollte mit-kommen. Er brauchte einen Komplizen, da Kais Vater, der nicht gut auf seine frühere Frau zu sprechen war, etwas dagegen hatte, dass sein Sohn dort hinfuhr. Also musste es heimlich geschehen, niemand sollte davon erfahren. Lukas konnte sich beim besten Willen nicht zusammenreimen wie Kai sich das vorstellte. Woher sollten sie das Geld nehmen – oder gar- was noch viel unwahrscheinlicher war- allein nur die Erlaubnis von Lukas Mutter. Er schüttelte den Kopf: „Unmöglich", fasste er Kais Vorhaben mit einem einzigen, einem kurzen aber vernichtenden Wort zusammen und schüttelte den Kopf dabei.

Nur ein wenig, doch immerhin genug um Kai zu

verdeutlichen, dass seine Idee ganz und gar nicht umsetzbar sei - unmöglich. Kai, das war ihm anzumerken, ließ sich von solcherlei Einwänden keinesfalls beeindrucken. Lukas sah ihm an, dass es in seinem Kopf nach wie vor ratterte. Kai war nicht dumm, das war schon klar. Wenn jemandem etwas eingefallen wäre wie das hätte klappen können mit der Reise nach Holland, dann wäre das mit Sicherheit Kai gewesen.

Doch wenn sich hier nicht kurz darauf der Zufall eingeschlichen hätte, der Zufall, welcher schon zu allen Zeiten das Gelingen oder das Scheitern eines Vorhabens zum günstigen oder zum weniger günstigen hin zu lenken imstande war, wäre es in diesem einen Sommer wohl tatsächlich nichts mehr aus ihrer Holland- Reise geworden. Ein Zufall oder ein Komplott der Erwachsenen – so ganz konnte man im Nachhinein nicht mehr sagen was wo angefangen hatte und warum. Jedenfalls machte Mom den Anfang. Sie sprach mit Lukas. „Sag mal", wollte sie wissen, „würde es dir eigentlich etwas ausmachen für ein paar wenige Tage allein hier mit Oma zu wohnen?"

Während sie ungeduldig auf seine Antwort wartete, sah sie angespannt aus, so als hinge eine ganze Menge für sie davon ab für welche Antwort Lukas sich letztlich entscheiden würde. „Warum denn eigentlich?“ wollte er wissen und bemühte sich dabei um einen möglichst unverfänglichen, harmlosen Tonfall.

Wenn Mom für ein paar Tage nämlich nicht hier sein sollte, könnte das Kai und ihn näher an die Umsetzung des Holland-Plans bringen.

Wie, war zwar noch nicht klar, aber da konnte sich ja immer noch etwas finden. Lukas bemühte sich darum cool zu bleiben, und Stachel aus dem Kopf zu zeichnen. Es war nicht ganz einfach, lenkte aber von seiner Mutter ab.

„Na ja, das ist so", Mom druckste ein wenig herum, „es gibt da eine ziemlich wichtige und komplizierte Fortbildung für meinen Beruf, ich muss da immer auf dem neusten Stand sein, das wird verlangt und du weißt ja, ich würde da gerne hingehen." Sie machte eine kurze Sprechpause, dann schob sie mit besonderer Betonung hinterher, dass sie das selbstverständlich nur dann wahrnehmen würde, wenn es für Lukas in Ordnung wäre. Lukas tat kurz so, als dachte er nach, und nickte dann. „Ja klar, gar kein Problem". Mom sah erleichtert aus. „Wann kommt Oma?"

Er legte einen lässigen Ton in seine Frage, damit Mom nicht noch auf die Idee käme einen Rückzieher machen zu wollen.

„Am Sonntag so gegen Abend" murmelte sie. Irgendetwas stimmte nicht mit ihr doch Lukas war viel zu aufgeregt um sich darüber jetzt Gedanken zu machen. Er musste sofort zu Kai um ihn zu sagen, dass die Situation sich geändert hatte, weil man Oma viel leichter etwas erzählen konnte als Mom.

„Bin bald wieder da", rief er ihr von der Tür aus noch zu, dann machte er sich auf den Weg zu Kai. Woran genau es lag konnte er nicht sagen, aber als er an der besonderen Stelle mit der Schnitzerei im Baum vorbeikam, beschloss er Kai lieber doch nichts zu sagen. Er schämte sich plötzlich Oma und Mama gegenüber.

Allein schon der Gedanke sie so zu hintergehen erschien ihm nur noch falsch, so beschloss er auf den letzten Metern zu Kais Haus hin ihn eben einfach nur so zu besuchen – ohne etwas zu sagen. Kaum war er in der Höhe des Hauses aufgetaucht, und kaum hatte er die alte Katze begrüßt, raste Kai auf ihn zu.

„Hey Lukas, pass auf...", begann er atemlos. „ Mein Vater geht am Sonntag für eine ganze Woche zu einer Fortbildung, und ich soll bei meinem Onkel und Cousin wohnen.

Vielleicht kann ich aber ja auch lieber bei dir wohnen wegen Räuber, weil mein Onkel leider Hunde irgendwie nicht mag, und ich wäre dann auch viel näher bei der Katze und zu dir könnte ich auch den Hamster mitnehmen..." er hörte gar nicht mehr auf zu sprechen. Lukas fand die Idee mit dem Übernachten ganz gut, aber er konnte nicht sagen warum. Geheuer war ihm die Sache nicht.

Irgendetwas stimmte nicht mit der Geschichte der Erwachsenen, irgendetwas hatten sie zu verbergen, da war etwas komisch und äußerst verdächtig an dem Ganzen. „Sag mal, Kai, da ist was faul!" Lukas ließ sich ins Gras fallen und kraulte die Katze. Bei so etwas Schönem konnte er immer besonders gut nachdenken. „Warum?"

Kai sah ziemlich verblüfft aus, er konnte sich ganz offensichtlich nicht erklären was das alles sollte. „Hör mal", meine Mutter ist zur gleichen Zeit weg, auch zu einer „Fortbildung"; dabei macht er doch was ganz Anderes als sie, da stimmt was nicht!" Kai sah jetzt einigermaßen geschockt aus. „Meinst du die gehen heimlich zusammen wohin? Aber wieso?" Lukas konnte sich schon denken wieso, wenngleich er sich den Grund noch nicht einmal vorstellen, geschweige denn ihn auch noch offen aussprechen mochte. Kai fragte fassungslos: „Meinst du...also, du meinst...? "„ Boahhhhh, echt Mann, hoffentlich nicht!", unterbrach er Kai. Mehr fiel ihm dazu erst einmal nicht mehr ein. Kai hatte wieder diesen Ausdruck im Gesicht, der anzeigte, dass es in seinem Kopf wieder einmal mächtig ratterte.

„Also, an dem einen Abend, als der alte Simon verletzt in der Hütte lag, da haben die sich ganz schön gut miteinander verstanden und..." Mitten im Satz hörte er auf zu sprechen und Lukas war dankbar dafür. Wut stieg in ihm auf, was ja auch kein Wunder war. Es deutete schließlich alles darauf hin, dass Kai und er angelogen worden waren. Lukas wurde jetzt so richtig fuchsteufelswild. „Und auf die wollte ich Rücksicht nehmen! ". Sein Entschluss, den er am geschnitzten Baum gefasst hatte, nämlich Kai doch nichts von der möglichen Holland-Reise zu erzählen, geriet mächtig ins Wanken.

„Wie, *Rücksicht nehmen*? " Kai sah verdattert und bekümmert aus, was aber in Anbetracht ihres Verdachts ziemlich verständlich war wie Lukas fand.

„Ich dachte mir, dass es unfair wäre das auszunutzen...ich meine, dass sie nicht da sein wird – du weißt schon, wegen Holland.

Kais Gesichtsfarbe wechselte von weiß zu rot.

„Holland, ah so- ja- genau! " Er schlug sich mehrmals mit der Handfläche fest an die Stirn.

Dann sah er entschlossen zu Lukas hinüber. „Wenn die denken sie können uns für blöd verkaufen, dann machen wir das eben auch!"

Lukas wütete noch immer mit finsterem Gesicht vor sich hin, dann saßen sie noch eine Weile bei der Katze ohne etwas zu sagen. Immerhin, das war etwas, das erst einmal verdaut werden musste.

„Ich lass mir was einfallen", versprach Kai Lukas noch beim Gehen. Der Weg zurück schien ihm diesmal viel länger zu sein als sonst. Er legte keinen Wert darauf seine Mutter zu sehen, und als er schließlich über die Terrasse hereinkam, war er erleichtert zu sehen, dass sie mit dem Einkochen von Marmelade beschäftigt war und sich nicht um ihn kümmerte. Mit einem leisen Husten, das sein Heimkommen andeuten sollte, schlich er sich nach oben. Etwas, das er sonst nie tat, erschien ihm plötzlich angemessen. Er drehte den Türschlüssel seiner Zimmertür gleich doppelt ins Schloss, so dass niemand mehr hereinkommen konnte.

Heute, soviel stand fest, wollte er nur noch alleine sein. Lediglich der Eule sah er noch zu wie jede Nacht.

Die Eule konnte schließlich nichts dafür. Am nächsten Morgen war Mom wie immer. Lukas konnte nicht sagen ob sie später, nach dem Marmelade-Einkochen, noch versucht hatte bei ihm vorbeizukommen um ihm eine gute Nacht zu wünschen. Falls das tatsächlich so gewesen war, ließ sie sich das jedenfalls nicht anmerken. „Probier doch mal!" Begeistert reichte sie ihm ein kleines Glas mit der frischen, dunklen Kirschmarmelade, die sie aus vielen schwarzen Kirschen gekocht hatte. „Schwarz wie ihre Lügen!" dachte Lukas, finster gelaunt. Trotzdem musste er zugeben, dass sie ziemlich gut schmeckte. Während des gesamten Frühstücks dachte er nach. Wenn er das mit Kai und Holland durchziehen wollte dann musste er klug vorgehen und durfte sich nichts anmerken lassen. Er musste also möglichst unbekümmert fragen, ob Kai in der nächsten Woche denn eigentlich mal bei ihm schlafen könnte. Erst kaute er noch träge auf seinem Brötchen herum, lobte die Marmelade ein wenig; dann stellte er ihr die Frage. Als Kais Name fiel, zuckte Mama deutlich zusammen. „Kai? Wieso, na ja, also natürlich...“ Damit war die Sache erledigt. Mom sah etwas verstört aus, doch Lukas fand, dass ihr das recht geschah. Das kam eben von der Lügerei.

„Tschüß“, rief er noch, schnappte sich seinen Schulranzen, füllte nebenher mit einer Hand die Futterschale für Stachel und für Katze auf und lief dann in Richtung Schule.

Kai kam ihm an der Weggabelung auf dem Weg zur Schule entgegen. „Bin ich froh, dass es nur noch zwei Tage bis zu den Ferien sind!“, stöhnte er.

Doch dann änderte sich sein Gesichtsausdruck und ein breites Grinsen überzog bald nicht nur ihn: „Hey, ich weiß, wie wir ohne Geld nach Holland kommen!“

„Lass hören!“. Lukas war total gespannt, was ja klar

ist, wenn man bedenkt wie toll das ist mit Holland am Meer.

Auf dem Rad folgte er ihm rasant an der Schule vorbei in die Stadt. Sie fuhren durch die Stadt hindurch, zumindest zu einem großen Teil, denn zum Schluss wusste Kai eine Abkürzung, die sie bis hin zum Industriegebiet brachte. Lukas wusste noch immer nicht was Kai vorhatte, doch dann hielten sie vor einer Spedition.

Kai grinste und zeigte auf einen der Lastwagen: „Die hier gehen alle nach Holland und zurück."

Er wartete kurz, wie um eine ganz besondere Überraschung zu präsentieren, doch dann legte er auch gleich los: „Und das Beste - nicht nur irgendwohin nach Holland, sondern direkt ans Meer, da wo meine Mutter wohnt!" Er sah absolut begeistert und restlos zufrieden aus. „Woher weißt du das alles?"

Lukas konnte zuerst gar nicht glauben, dass das tatsächlich alles stimmen sollte, doch Kai im Brustton der Überzeugung hätte mit Sicherheit seine Hand dafür ins Feuer gelegt.

„Recherchen!" gab er nur ganz knapp zurück.

„Knallharte Recherchen, bombensichere Angelegenheit!" Kai war wie ausgewechselt.

Noch vor ein paar Tagen hatte man ihn überwiegend deprimiert gesehen – doch jetzt, wo der Besuch hin zu seiner Mutter in eine greifbare Nähe rückte, sprühte er nur so vor Energie und vor Ideen. „Pass auf!", erklärte er Lukas.

„Ich hab rausgefunden wann die Laster beladen werden." Nach der letzten Stiege geht der Fahrer, der gleichzeitig auch der *Be-* und Entlader ist, immer noch eine rauchen." Er zeigte zu den Containern, und Lukas drehte den Kopf in diese Richtung.

„Hinter den Containern da, das heißt, er kann von da aus nicht direkt zum hinteren Ende des Lastwagens sehen. Die Tür macht er dann erst nach seiner Zigarette zu.

Uns bleibt *waaaaaaaaaaaaaaas?*" Er dehnte das „*Was*" zu einer Frage aus, die Lukas nun wohl beantworten sollte. Sein puterrotes Gesicht hatte nun einen ganz und gar verschwörerischen Ausdruck angenommen.

„Weißt du was das bedeutet?" Selbstzufrieden beobachtete er Lukas, dem noch nicht ganz klar war worauf Kai denn eigentlich hinaus-wollte. „Ist doch wohl logisch!"

Er legte seinen Kopf mit einem Ruck zur Seite in die Richtung der Ladefläche des Lastwagens hin: „Uns bleibt absolut genug Zeit um völlig ungesehen zuzusteigen bevor es dann losgeht, entspann dich, Mann: wir klettern natürlich rein!" „Spinnst du?" Lukas war ganz und gar nicht begeistert von Kais Plänen. „Ach komm, das ist echt absolut sicher!" entgegnete dieser.

„In Holland steigen wir ganz locker wieder aus, und dann fahren wir ein paar Tage später wieder mit dem gleichen Typen zurück; der fährt ständig hin – und her. Nur auf dem Rückweg dann mit Tomaten statt mit Äpfeln an Bord. Ist doch kein Thema, oder!"

„Woher weißt du das denn so genau?" Lukas konnte wirklich nicht sagen, was er von all dem hier halten sollte. „Hab ich dir doch schon erzählt!" So langsam ging Kai die Geduld aus, denn er klang schon etwas genervt.

„Knallharte Recherche". Auch beim zweiten Mal klang es echt cool wie er das sagte.

Trotzdem. Lukas zögerte.

Er war noch immer nicht so richtig überzeugt.

„Aber in der kurzen Zeit jetzt – wie konntest du so schnell an all diese Infos kommen?" Kai sackte nun wieder ein wenig kläglich in sich zusammen.

„Wieso schnell?". Er machte eine kleine Pause, dann sagte er leise:

„Ich suche eigentlich schon ziemlich lange danach."

Lukas fühlte sich mit einem Mal ganz blöd deswegen. Das hätte er sich ja denken können, dass Kai nicht erst seit ein paar Tagen überlegte wie er zu seiner Mutter kommen könnte.

Von seinem Vater durfte er da ja keine Hilfe erwarten. Der war schließlich überhaupt nicht gut auf seine ehemalige Frau zu sprechen.

Deshalb hatte Kai eben selbst nach einem Weg gesucht das Ganze irgendwie heimlich durchzuziehen. Sicherlich, die beste Idee war es nicht gerade; aber um ehrlich zu sein fiel ihm selbst auch kein besserer Plan ein.

„Abgemacht!" sagte er also zu Kai. „Wir ziehen die Aktion durch und besuchen deine Mutter in Holland!" Kai sagte nichts, doch Lukas sah ihm die Erleichterung an. Allein wäre er wahrscheinlich nicht so gerne in den Lastwagen gestiegen – doch zu zweit sieht dann selbst so eine Sache zumindest ein klein wenig besser aus.

So ziemlich das Einzige, was Lukas an der ganzen echt abenteuerlichen Angelegenheit so überhaupt nicht mochte, war die Sache mit Oma.

Sie anzuschwindeln war gar nicht nach seinem Geschmack. „Was sie nicht weiß, macht sie nicht heiß", versuchte Kai sein Glück um Lukas´ schlechtes Gewissen abzumildern, „dann macht sie sich schon keine Sorgen". Aber damit hatte er keinen Erfolg.

Lukas tat sich enorm schwer damit, und nur die Vorstellung, dass es für Kai so enorm wichtig war seine Mutter einmal wieder zu sehen, bekräftigte ihn in dem Vorhaben auf diese Reise mit Kai zu gehen.

„Der beste Trick beim Vertuschen ist, dass man jedem etwas Anderes erzählt", schärfte Kai Lukas ein.

Dabei klopfte er sich vielsagend mit der Hand an die Stirn.

„Hab ich genau hier drinnen durchgespielt, kannste mir glauben, ich mach da keinen halben Sachen, nee, nicht mit mir. Das muss schon alles Hand und Fuß haben, ist der Trick dran!"

Kai hatte das Ganze offenbar schon ganz lange ziemlich genau bis ins Detail durchdacht.

„Deiner Oma erzählen wir, dass wir zusammen mit meinem Cousin und seinen Freunden ein paar Tage bei der alten Ruine zelten.

Dann fragen wir sie auch, ob sie auf Räuber und meine anderen Tiere aufpassen kann, was wirklich gut ist, weil dann Räuber auch auf sie aufpassen kann."

Das mit Räuber fand Lukas ja ganz nett, aber

geheuer war ihm das Ganze dennoch nicht. Kai gab nicht auf. Im Gegenteil. Er fing erst damit an. „Das Gute dabei ist", Kai machte eine kurze Pause um die Spannung zu steigern, „mein Cousin und seine Freunde zelten wirklich bei der alten Ruine."

„Warum ist das gut?" wollte Lukas wissen.

Den Zusammenhang fand er nicht unbedingt ganz logisch.

„Na ist doch klar! Vielleicht kommt sie mal vorbei um nach uns zu sehen, und dann warnt mich mein Cousin per SMS.

Zu ihr sagt er, dass wir gerade Holz holen gegangen sind oder so. Du rufst deine Oma schnell vom Handy aus zurück, und schon macht sie sich keine Sorgen. Genial, oder? Sag doch auch mal was!"

Lukas nickte. Er musste schon zugeben, dass Kai wirklich alles berücksichtigt hatte.

„Und dein Cousin, macht der da auch wirklich mit?" wollte er sich noch einmal versichern.

„Klar! Der ist total in Ordnung!" Bei Kai gab es nicht den geringsten Zweifel darüber, dass wirklich alles klappen würde. Diese Zuversicht übertrug sich so langsam auch auf Lukas.

Sie wuchs über die Tage, und nachdem Oma angekommen war, hatte sich sein Ziel in ihm gefestigt. Vielleicht stellt Oma auch nur deswegen keine Fragen, weil er nun selbst so überzeugt von der Reise war, dass es ihm gelang die Sache mit den Zelten genauso herüber-zubringen als wäre es vollkommen selbstver-ständlich und normal.

Ganz ohne schlechtes Gewissen ging das jedoch nicht ab.

Wie viel lieber wäre es ihm gewesen, wenn er Oma nicht so hinters Licht hätte führen müssen. Aber in den Plan konnte er sie eben unmöglich einweihen.

Lukas nahm sich vor ihr alles zu beichten, wenn er und Kai wieder zurück waren von der Reise. Sicher würde sie alles verstehen, aber jetzt, fand Lukas, wäre es besser nichts zu sagen um die Reise nicht zu gefährden.

Während Mom ihren Koffer packte und Oma vollkommen nichts ahnend die Katze fütterte, grübelte Lukas im Kreis herum.

Doch es gab keine andere Lösung; er konnte Oma nichts sagen. Am letzten Schultag kam er zwei Stunden früher nachhause als sonst. Kai war mit dabei um Räuber, seinen Hamster und die Katze zur Pflege abzuliefern; dann verabschiedete er sich.

„Hey, Mann, ich sehe dich dann nachher beim Zelten", rief er Lukas noch ganz besonders laut über die Veranda zu. Vermutlich hielt er das für ganz besonders schlau.

Jetzt waren nur noch er, Oma und ein Haufen Tiere im Haus und um das Haus herum.

Oma half ihm dabei den Rucksack für das angebliche Zelten zu packen, von dem sie selbst erst erfahren hatte. Sie packte so viel zusammen, dass man den Rucksack hinterher kaum noch hochbekam, so schwer war er. Das war echt typisch für Oma. Wahrscheinlich wollte sie damit einem qualvollen Verhungern bei ihm vorbeugen. Unfassbar, welche Unmengen von Essen, Trinken und warmen Socken sie in dem Rucksack untergebracht hatte. Jetzt, wo alles in greifbare Nähe rückte, merkte Lukas wie er langsam immer aufgeregter wurde. „Wo ist denn überhaupt dein Zelt?", wollte Oma wissen. „Das hat Kai", behauptete Lukas. Und dann schaffte es Oma tatsächlich noch, eine weitere Jacke in dem ohnehin schon hoffnungslos zerbeulten und komplett überfüllten Rucksack zu verstauen.

Wer wusste schon, ob sein Rad dieses Gewicht überhaupt würde tragen können. Schließlich fuhr er los, doch nicht ohne sich von Katze, von Stachel und von Kieran zu verabschieden.

Oma stand auf der Veranda. Als er wegradelte, drehte er sich nicht mehr nach ihr um. Sein Gewissen war einfach zu schlecht. Und der Monster-Rucksack hätte ihn mit Sicherheit bei der kleinsten Drehung zu Fall gebracht. Er winkte also nur mit dem Arm leicht und krumm nach hinten, in ihre Richtung. Kai war bereits startklar als Lukas ankam. Er hatte ebenfalls einen Rucksack dabei.

„Wir müssen uns ranhalten, irgendwie haben wir gar nicht mehr so viel Zeit bis es losgeht! “. Lukas nickte. Sie nahmen den Weg am Fluss entlang, an der schmalen Gabelung, die Kai schon kannte, wollten sie abbiegen. Die Gabelung direkt hinter dem Teich erinnerte Lukas daran, dass er hier schon einmal lang gegangen war. Mit Papa.

Einen Frosch hatten sie damals gerettet. Er war nämlich ganz knapp davor gestanden zum Mittagessen eines Graureihers zu werden.

Für den Graureiher war das zwar etwas nervig gewesen, immerhin musste er damals nach einem guten Ersatz für diese entgangene, lecker-glitschige Mahlzeit suchen, doch Lukas hätte den Frosch einfach nicht für ein schnödes Mittagessen opfern wollen.

Er war so hübsch, glatt und so wunderbar grasgrün gewesen.

Wehmütig sah er zu dem kleinen Teich hin, und während er mit den Füßen rasend schnell in die Pedale trat, blieben seine Gedanken weit zurück.

Sie blieben am Teich und bei den Fischen, zu denen

er sich, fast wie Mia, eine Menge Geschichten ausdachte, während sie immer weiter und weiterfuhren. Das half ihm nicht daran zu denken, dass er ziemlich aufgeregt war.

Kai hatte damit eindeutig keine Probleme. Er trat wie verrückt in die Pedale, so dass Lukas sich sehr beeilen und hetzen musste um nicht zurückzubleiben. Obwohl sie so schnell fuhren und besonders bei den Abfahrten alles an ihnen vorbeiraste, kam Lukas der Weg diesmal länger vor als beim ersten Mal.

Die Nacht war nicht besonders dunkel, da der Mond bereits zu einem Dreiviertel an einen vollen Mond heranreichte. Das war immerhin ein Vorteil, denn so kamen sie voran ohne auf besondere Hindernisse achten zu müssen, die im Dunkel immer genau dort auftauchten, wo man nicht mit ihnen rechnete.

Als sie das abgelegene Lastwagen-Areal dann schließlich erreichten, war Lukas außer Atem – noch viel mehr vor lauter Aufregung als von der Anstrengung selbst.

Kai hingegen wirkte so ruhig wie schon lange nicht mehr. Sogar sein Haar, das immer ein wenig struppig aussah, wirkte plötzlich glatt und zahm. Das war neu. Der Lastwagen, der sie nach Holland bringen sollte, wurde bereits routiniert zum Beladen fertig gemacht.

Der Fahrer war gleichzeitig auch für die Fracht zuständig, so dass er sich ständig von der Lagerhalle bis zum Lastwagen hin- und her bewegte, einmal zu Fuß, dann wieder mit dem Gabelstapler. Er schien keine besonders gute Laune zu haben, was vielleicht auch damit zusammenhing, dass es auch noch angefangen hatte zu regnen. Es war kein normaler Regen, eher so ein Nieseln, das sich wie ein feuchter Nebel von allen Seiten tückisch ausbreitete, und das es einem unmöglich machte nicht nass zu werden. „Wird echt langsam Zeit, dass wir einchecken!" flüsterte Kai. „Ein Handtuch hab ich nämlich nicht dabei..." Lukas nickte nur und blieb mit den Augen dicht an dem Fahrer dran, um den Moment nicht zu verpassen in dem er sich draußen, seitlich vor dem Lager, die letzte Zigarettenpause vor der Fahrt gönnte.

Der Wagen sah schon recht vollgepackt aus, wobei für ihn und Kai noch ein kleiner Platz zu finden sein müsste.

Kai jedenfalls hatte behauptet, dass er das im Verlauf seiner Recherchen eindeutig überprüft hätte. Wie, war Lukas zwar nicht klar, aber er war sich trotzdem sicher, dass Kai ihn in einer so wichtigen Sache nicht belügen würde. Auch Kai hatte seine Augen an den Fahrer geheftet; dabei sah er aus wie eine Art Kobold-Maki, weil er es eindeutig übertrieb. Lukas musste grinsen. „Jetzt!“ zischte Kai und schnappte sich seinen Rucksack.

Lukas, der ihn sich zur Sicherheit schon vorher aufgesetzt hatte, brauchte nur noch mitzulaufen, wobei „nur“ eigentlich nicht das richtige Wort war.

Seine Beine wollten plötzlich nicht mehr so wie er selbst. Sie fühlten sich an, als wollten sie lieber im Schutz der Hecke bleiben, und es dauerte ein wenig bis Lukas sie wirklich davon überzeugen konnte sich ihm anzuschließen. „Los“, flüsterte er ihnen zu. Dann ging alles sehr schnell.

Mit einem Satz sprangen sie blitzschnell hinten auf die Ladefläche, balancierten sich vorsichtig durch den schmalen Gang, der noch nicht zugepackt war, und kauerten sich ganz hinten, direkt schon an der Rückseite der Fahrerkabine, in eine Ecke, die mit Stahlträgern abgesichert war um die Fracht zu stabilisieren. „Hier kann uns echt überhaupt nichts passieren“, murmelte Kai und zeigte zuversichtlich auf die ziemlich stabil wirkende Konstruktion aus massivem Stahl. Lukas musste immerhin zugeben, dass ihn das erleichterte. Er hatte, um ehrlich zu sein, schon ein oder zwei Mal das Bild vor Augen gehabt, in dem der Fahrer plötzlich bremsen musste, und sie dann beide dabei zerquetscht worden wären wie Apfelmus – ganz jämmerlich zermalmt von den Äpfeln in den Kisten.

Er hatte diese Befürchtung auch Kai gegenüber geäußert gehabt. Immerhin sah er es als seine ganz persönliche Aufgabe an wirklich sämtliche nur denkbare Faktoren vorab zu berücksichtigen und im Blick zu behalten. Kai allerdings hatte ihm vorgeworfen viel zu verkrampft zu sein – denn er, Kai, habe das alles völlig im Griff. Auch Lukas´ sonstige Einwände, wie dem möglichen Tod durch klägliches Ersticken oder einer Invasion von Apfelkäfern, hatte Kai mit einer außerordentlich großzügigen und zudem ziemlich lässigen schnellen Handbewegung vom imaginären Tisch gewischt. „Alles gar kein Thema!", behauptete er. „Und wenn der Fahrer ein Verrückter ist, der erst einmal ordentlich austickt, wenn er uns sieht?" Lukas wollte die Antwort kaum hören, doch selbst darauf wusste Kai etwas Beruhigendes zu sagen: „Wird er nicht, der ist bei meinem Vater im Fußball-Club." „Na dann!", gab sich Lukas geschlagen. „Ja, aber echt Mann, mach dir bloß keinen Kopf. Du bist

einfach zu ängstlich, Mann, ehrlich, mach dich mal
locker!"
Er machte eine nun verblüffend geschmeidige
Handbewegung, wie ein geübter Zauberer, der auf
einer Bühne irgendeinen Trick vorführte.
 „Im Zuge meiner langen Recherchen konnte ich
nämlich sogar das hier rausfinden..."

Jetzt holte Kai sein Handy hervor. „Was denn?" „Na
das!" zischte er energisch und hielt dabei das
Display vor sich und Lukas.

 „Wir haben hier drin sogar ein Netz – also: keine
Panik!" Zack. Wrummmm. Die Tür schloß sich mit
einem lauten Ruck. Nun war es stockfinster.

 „Hab mich geirrt, wir haben doch kein Netz mehr",
flüsterte Kai noch, dann hörte man außer dem
Brummen des Motors nichts mehr. Lukas konnte
nur noch an Apfelkäfer denken, die sich nun von
überall her versammeln würden um... „Hör zu, Kai,
unterbrach er seine eigenen Gedanken, „ich muss
dir dringend die Geschichte von dem Pittchen,
Waller und dem Aal erzählen".
„Na klar, leg los!" flüsterte Kai etwas heiser zurück.
Und so begann Lukas.
Die Geschichte der sieben ungleichen Freunde mit

Prokyon, dem kranken Schmetterling, mochte er selbst am liebsten. Mia hatte diese Geschichte einmal erzählt. Sie zog sich allerdings ziemlich hin. Um es also kurz zu machen: Die Geschichte endete glücklich, mit einer sehr erfreulichen Nachricht für Prokyon, den kranken Schmetterling. Die Königsgrotte hatte ihren Teil dazu beigetragen. Die Königsgrotte und ein sehr wertvoller Smaragd.

Mehr wollte Lukas nicht dazu sagen. Es war ihm ein wenig peinlich, weil er sich selbst irgendwie für den Schmetterling hielt, was vermutlich mit seiner eigenen schweren Krankheit im letzten Herbst zusammenhing, und was Kai vermutlich nicht gerade cool gefunden hätte. Vor allem, weil der auch noch *Prokyon* hieß. Der Name bezeichnete gleichzeitig zwar auch einen der hellsten Sterne im Universum, aber er war sich nicht so ganz sicher, ob die Kombi-nation Stern und Schmetterling nicht vielleicht doch Kais Spott hervorgerufen hätte. Selbst wenn Kai wohl gerade andere Sorgen hatte, und sowieso nicht in der rechten Stimmung gewesen wäre sich über Lukas lustig zu machen.
Man musste ihn ja nicht unnötig in Versuchung führen. Lukas wollte aber immerhin noch ausführen was im Anschluss aus den anderen wurde

Doch kam er ohnehin nicht mehr dazu das zu erzählen. Sie wurden einfach immer müder und müder. Irgendwann kämpften sie beide nicht mehr so heftig gegen den Schlaf an.

Das monotone Brummen des Wagens begleitete sie bis in ihre Träume hinein. Sie erwachten von der plötzlichen, ganz ungewohnten Ruhe. Das Motorgeräusch war mit einem Mal verstummt, und ein frischer Wind blies Kai und Lukas schnell aus ihrem Versteck. Diesmal war es allerdings weitaus schwieriger den richtigen Augenblick zum „Auschecken" – so wie es Kai lässig nannte – zu erwischen. Sie konnten diesmal nicht warten bis der Fahrer ganz fertig mit dem Ausladen war. Soviel stand jedenfalls fest. Vielmehr mussten sie es mehr oder weniger auf gut Glück versuchen.

„Hey ihr Gören, was macht ihr auf meinem Wagen?" schrie ihnen der Fahrer noch hinterher, als er sie vor der Ablade-Rampe sah. Allerdings musste er wohl davon ausgehen, dass sie gemeine Apfeldiebe oder so etwas in der Richtung waren. Holländische Vagabunden bestenfalls.

„Gören", wiederholte Kai verächtlich und spuckte auf den Boden. Auf die naheliegende Idee, dass sie als blinde Passagiere unterwegs gewesen waren, kam der Fahrer offenbar nicht. Wütend wirkte er trotzdem, obwohl es nicht einmal mehr regnete, sondern sich die freundliche Morgensonne zart auf alles gelegt hatte. Lukas fand sogar, dass das die allerschönsten Sonnenstrahlen waren, die er jemals gesehen hatte. Kai pflichtete ihm bei. „Die Sonne in Holland ist eben ganz anders.", behauptete er.

Lukas hingegen glaubte, dass das eher mit dem Kontrast zusammenhing, den sie jetzt bildete – nach dieser dunklen, gräßlichen Nacht hinter den Apfelkisten. Allerdings war es ihm viel zu umständlich das zu erklären.

„Wir haben wieder Netz!" Triumphierend hielt Kai sein Handy in die Höhe.

„Ich ruf mal meine Oma an", sagte Lukas nur und entriss Kai das Telefon.

Ihm war schon klar, dass das jetzt ziemlich uncool

rüberkam, aber zumindest das war ihm jetzt völlig egal. „Hallo Oma, ja, gut, ja---das Zelten macht echt Spaß...und, wie geht es dir?“ hörte sich Lukas sagen. Als er auflegte, hatte Kai bereits den Proviant ausgepackt.

„Hier!“ Ausgesprochen zufrieden kauend und schmatzend reichte er ihm ein doppelt belegtes Salamibrot rüber. Lukas bemerkte nun, dass er einen riesigen Hunger hatte. Im Lastwagen war es nicht der richtige Ort gewesen um etwas zu essen. Am Ende hätte der Fahrer vielleicht noch etwas gerochen – auch wenn es insgesamt eher un-wahrscheinlich war, aber trotzdem.

Zwar hatte Kai mit großem Nachdruck behauptet, dass Raucher ohnehin keinen, also so überhaupt keinen Geruchssinn besäßen, aber darauf wollte sich Lukas nicht verlassen. Wenn er nun doch plötzlich mitten in all seinen Apfelkisten den gänzlich unpassenden, herben Geruch von feinen, unwiderstehlichen Salamibroten wahrgenommen hätte, so wäre doch sicherlich sein Misstrauen geweckt worden.

„Meinst du wir kommen dann so einfach wieder zurück nach Deutschland wenn sein Transporter riecht wie eine Pizza-*Salami*? Glaubst du das echt?“ Das hatte Kai zum Glück dann doch schließlich eingesehen und deshalb war das Frühstück erst jetzt fällig. „Verdrück aber nicht alles auf einmal!", riet ihm Kai. „Das muss noch eine ganze Weile vorhalten." Lukas stöhnte. Er musste daran denken, dass ihm noch ein recht gepfefferter Fußmarsch bevorstand, bis sie dann endlich bei Kais Mutter sein würden. „Komm, so schlimm wird es nicht", tröstete ihn Kai, der seine Gedanken in dem Augenblick offenbar lesen konnte.

„Der Weg geht die ganze Zeit am Meer vorbei!". Eigentlich war es ja die See, aber Lukas wollte da mal nicht so kleinlich sein. Es sah nämlich wirklich aus wie ein Meer, und die salzige Luft hinterließ überall ihre Spuren, während die immer Sonne stärker und wärmer wurde. Lukas stellte sich genau vor, wie es Luna, dem Käuzchen hier wohl gefallen würde. Sicherlich ganz gut, wie er sie einschätzte. Kai holte jetzt auch die Getränke heraus, und plötzlich begann sich Lukas so rundum wohl zu fühlen. Alles hier sah nach Ferien aus, das war toll. „Pass auf, die Möwe!" rief Kai.

In der Tat wirkte sie ziemlich dreist, wie sie ihn da umkreiste, während sie auf seinen Proviant starrte. Lukas ging schnell in Deckung, während die große Möwe über ihm gierig und rattenfrech kreischte.

Lukas konnte sein Brötchen gerade noch mit einer gekonnten, sehr geschickten Drehung vor ihr retten. Dann zogen sie die Schuhe und die Socken aus und krempelten sich die Hosenbeine hoch. So liefen sie im schon warmen Sand immer an der Küste entlang.

Die Sonne begleitete sie. Während nun Lukas immer ruhiger wurde, änderte sich das bei Kai.
Um Kai daher noch weiter abzulenken beschrieb Lukas ganz genau das Meer, während er gleichzeitig

zufrieden auf das echte Meer, beziehungsweise die See blickte. Gerade jetzt waren Katha und Papa bei ihm. Er konnte es sich nicht erklären. Doch das muss man sowieso nicht immer können, oder? Nervös war Kai noch immer. Lukas sah es ihm deutlich an. Und dann erreichten sie die Ortschaft deren Name sich Kai ganz dick notiert, unterstrichen und mit mehreren Ausrufezeichen versehen hatte. Jetzt war es nur noch eine Frage von Minuten bis sie die Küstenstraße - und damit das Haus seiner Mutter erreichen würden.

Kai sagte nun gar nichts mehr. Lukas dachte an seinen Vater und an seine Schwester, die bei einem Unfall gestorben waren. Er hatte seitdem immer bei sich gedacht, dass es einfach nichts Schlimmeres geben könnte. Doch nun, als er Kai so betrachtete, war er sich da nicht mehr so sicher. Seine Mutter war ja immerhin freiwillig von ihm weggegangen.

Irgendwie musste man das ja persönlich nehmen, selbst wenn es der Mutter zu dieser Zeit nicht gut gegangen war, so dass sie sich dringend um sich selbst hatte kümmern müssen.

Kein Wunder, dass er nun still war, so kurz vor dem Haus seiner Mutter, die vor Jahren von ihm fortgegangen war. Als sie endlich davorstanden, stellte Lukas fest, dass es eher ein Häuschen war;

ein Haus konnte man es nicht gerade nennen.

Doch schön sah es schon aus mit seiner roten Färbung und seinem Reetdach, das für die Gegend typisch zu sein schien. Ziemlich holländisch eben. Die anderen Häuser sahen auch alle so aus. Aber dieses eine, windschiefe Haus, vor dem sie nun standen, unterschied sich darin von den anderen, dass sich hinter der Tür eben dieses Hauses Kais Mutter befand, die er seit mehr als drei Jahren nicht mehr gesehen hatte. Kai stand jetzt stocksteif da, aus seinem Gesicht war alle Farbe gewichen. „Soll ich klingeln?" fragte Lukas flüsternd. Kai schüttelte erst den Kopf, dann nickte er. Lukas drückte auf die Klingel. Ihr schriller Ton ließ beide zusammenzucken. Sie hörten leise Schritte und eine blasse Frau öffnete die Tür.

Sie sagte nichts, sondern sah Kai an. Kai starrte sie an wie einen Geist. „Ich wusste, dass du kommen würdest", sagte sie leise. Ihr Gesicht sah dabei ziemlich traurig aus und glücklich zugleich, es sprang sozusagen immer zwischen beiden Ausdrücken hin und her, dann weinte sie, während sie Kai umarmte. Lukas wusste gar nicht wohin er schauen sollte, irgendwie war ihm das ziemlich peinlich, aber glücklicherweise ging es schnell vorbei, und schließlich saßen sie zu dritt rund um den Küchentisch und redeten. Kais Mutter Heidi, sie wollte am liebsten beim Vornamen genannt werden, konnte nicht fassen auf welchem überaus gefährlichen Weg sie hierhergekommen waren.

„Ich rufe jetzt sofort deinen Vater an, Kai", beschloss sie. „Der ist doch gar nicht daheim", murmelte Kai kleinlaut. Heidi überlegte. „Dann fahre ich euch zurück!" beschloss sie endlich. „Kannst du denn einfach so weg?", wollte Kai wissen. „Das werde ich ja wohl noch hoffentlich können, wenn es um meinen einzigen Sohn geht!" antwortete sie.

Diese Antwort hatte Kai wohl höre wollen, denn sie brachte das altes Grinsen wieder auf sein Gesicht zurück.
Und dann, obwohl es ein Vorurteil ist, dass, wirklich *alle* Holländer Wohnmobile haben, und Kais Mutter ja auch keine wirkliche Holländerin war – ein Wohnmobil hatte sie trotzdem.

Auf der Fahrt zurück erzählten sie ihr alles; das mit dem angeblichen Zelten, wie sie Oma reingelegt hatten und warum. „Auf eine Art ist das auch meine eigene Schuld!" seufzte sie kopfschüttelnd, „deswegen werden wir das alles hier für uns

behalten". Das meinte sie ernst, man sah es ihr an.
„Wie soll das gehen?" Wollte Kai wissen.
Sie musste ja immerhin arbeiten oder hatte sonstige Verpflichtungen.
Er wusste zum Beispiel, dass sie Schmuck und andere Andenken am Strand verkaufte.
Und vielleicht hatte sie noch einen anderen Job.
„Ganz einfach", sie zuckte die Schultern und fuhr dann fort: „Ich fahre euch jetzt zu dem Zeltplatz und bleibe auch ein paar Tage dort, also in der Nähe, mit dem Wohnmobil."
Sie wandte sich an Kai: „Alles, was du getan hast, war also nur mich darum zu bitten für ein paar Tage dorthin zu kommen, wo ihr zeltet, in Ordnung?".
Kai nickte. Damit konnte er leben. „Und dann spreche ich mal mit deinem Vater".
„Wenn der nicht mal anders beschäftigt ist!", dachte Lukas noch.
Doch dann hatte er keine Lust mehr sauer auf Mama zu sein. Wozu auch?
Auch wenn er trotzdem noch daran denken musste wie es war, als Papa nur noch rauchen und rauchen konnte und er niemals einen Schnaps abgelehnt hätte - nur um die Sache mit ihr zu vergessen. Doch Kai wollte nach vorne sehen.
Alles in allem war das jetzt immerhin weitaus

besser abgelaufen, als sie gedacht hatten, was wollte er mehr?

Die Fahrt zurück war nicht mit der Hinfahrt zu vergleichen, wirklich: ganz und gar nicht.

Diesmal brauchte es keine Geschichten um Kai zu unterhalten. Wenn man ihn ansah, wurde das offensichtlich. Lukas war nicht einmal mehr darüber verwundert, wie lange Kai am Stück reden konnte ohne müde zu werden. Und dann freuten sie sich nur noch darauf bald am Felsen bei der alten Ruine zu baden. Es war nicht das Meer. Aber darauf kam es nicht an. Lukas stellte sich genau vor, wie er seine Zehen vorsichtig in das Wasser tauchen würde, erst einmal nur ein bisschen um sicher zu gehen. Danach begann er zu träumen.

Er träumte vom Schwimmen, das beinahe wie fliegen war. Eine Eule flog in einer parallelen Linie über ihm, während er schwamm. Er konnte sie nicht richtig erkennen, denn der Schatten ihrer Flügel versperrte ihm die Sicht. Dann war sie mit einem Mal verschwunden. Man hatte nun gar kein Gewicht mehr und vor lauter Sonne und Wasser konnte man kaum noch etwas sehen. Lukas stelle sich vor, dass Mia bei ihm war und er konnte es fast spüren, all die perlenden Wassertropfen in seinem Gesicht, die Wärme auf seiner Haut, das Rufen der anderen Kinder, den Geruch von Sonnen-Creme und Lagerfeuer. Kai unterhielt sich derweil mit seiner Mutter, doch Lukas konnte nur einzelne Fetzen dieser Unterhaltung aufschnappen. Zu sehr träumte er schon jetzt vom Fluss. Er wusste wie der Fluss roch und das Holz in seiner Nähe. Es roch anders wenn die Sonne direkt darauf brannte, nach glühender Luft; und abends roch wieder anders, dann erinnerte es mehr nach Erde. Wie Lukas das liebte! Einmal hörte er wie Kai seine Mutter fragte warum sie von ihm fortgegangen war. Die Antwort fand er sehr erstaunlich. Sie sagte nämlich, dass sie keine andere Wahl gehabt habe, auch wenn man so etwas schwer verstehen könne, wenn man es nicht einmal selbst erlebt habe. Sie musste weggehen, um das Leben ertragen zu können, und sie sagte ihm, dass es nicht mit ihm zusammenhing. Dann war es still. „Kannst du es denn jetzt ertragen?" hatte Kai wissen wollen. „Ich glaube schon", hatte Lukas sie antworten hören. In langen Worten und dunklen Bildern erzählte sie Kai genau von ihrer Krankheit, einer Traurigkeit, die sich durch beinahe nichts heilen ließ.

Diese Krankheit hatte schon vor Kais Geburt Besitz von ihr ergriffen. Nachdem er dann da war, hoffte sie, es würde besser werden.

Doch es wurde nicht besser. Die Augenblicke dehnten sich unerträglich aus, wurden zu unendlich unbeschreiblich langen, quälenden Ewigkeiten.

Und auch der Wald, der ja Lukas immer so viel Kraft gegeben hatte, konnte Kais Mutter nicht aufheitern.

Im Gegenteil: Jeder Baum, jeder Ast schien noch weiter auf sie zu drücken und sie zu ersticken. Alles hier begrub sie unter sich, nahm ihr die Luft und das Leben weg. Nur am Meer, in diesem freien, großen Raum und nur in der Stille konnte sie ihrer Krankheit etwas entgegensetzen. „Es ist eine Krankheit, Kai." Sagte sie noch. „Sonst hätte ich dich mitgenommen, überallhin. Aber ich war schwer krank. Und es hat nichts mit dir zu tun! Gar nichts!" Kai nickte, beinahe automatisch, und Heidi fuhr fort: „Selbst wenn es mir jetzt viel besser geht, ist diese Krankheit noch immer in mir, dann fühle ich mich wie ein toter Baum" Lange sah sie ihn an. Hinterher sagte niemand mehr etwas. Bei der alten Ruine konnte man nämlich auch sehr gut einfach so sitzen ohne etwas zu sprechen.

Sie hatte einige der schönen Steine dabei, die sie normalerweise an ganze Scharen von kauffreudigen Touristen in Holland verkaufte. Halbedelsteine, wie den Malachit, Tigeraugen, einen Rosenquarz, Pyrit, Jaspis, Achat. Der Malachit gefiel Lukas besonders gut.

„Darf ich ihn behalten?", fragte er Kais Mutter, und unterbrach das Schweigen für einen kleinen Augenblick. Sie nickte erfreut. Lukas steckte ihn vorsichtig in seine Hosentasche.

Den würde er Oma mitbringen so viel stand schon einmal fest. Mit Sicherheit fuhr Oma auf so etwas ab, da war er sich sicher. Kais Mutter Heidi schlüpfte nun erst einmal in ihre festen Gummi-stiefel, um genug Brennholz, Steine, Tannenzapfen und auch Erde für das Lagerfeuer am Abend zu besorgen. „Hallo", wollte sie zu dem blassen, dunkelhaarigen Jungen sagen, der auch im Wald unterwegs war, doch sie brachte kein Wort hervor.

Es war Anton. Für einen merkwürdigen Moment sahen sie sich an und begriffen, dass sie die gleiche Gabe hatten, nämlich die, durch die Zeit zu sehen. Beinahe wie gehetzt lief Anton davon.

Er hatte etwas Gutes gesehen, nichts, was zur Beunruhigung hätte führen müssen. Doch zu sehen, dass es da noch jemanden gab wie ihn, das war mehr als er in diesem Moment ertragen konnte.

Heidi ging es ähnlich. Sie erinnerte sich daran wie sie als Kind, eben in Antons Alter, allen erzählt hatte, dass sie in die Zukunft sehen könnte.

Damals hatte sie angefangen Teil von ihr zu werden: Diese tiefe, unkontrollierte Traurigkeit.

Und in einem Traum war eine Eule zu ihr gekommen, die gesprochen hatte.

Genau konnte sich Heidi nicht mehr erinnern, doch hing es mit ihrer Fähigkeit zusammen durch die Zeit zu sehen. Die Eule hatte ihr geraten noch weiter zu sehen, dorthin wo es keine Zeit mehr gab. Heute wusste sie, dass dieser Traum ihr das Leben gerettet hatte. Weiter sehen, das hatte sie gemacht, wenn sie am Meer entlang lief und es außer Meer und Himmel nichts mehr zu geben schien. Etwas, das sie ungemein befreite. Doch jetzt war sie hier im Wald, und sie hatte eine Aufgabe. Hastig bückte sie sich nach weiteren Ästen für das Lagerfeuer, dann kehrte sie zu der Feuerstelle zurück. Lukas und Kai waren bereits da und warteten auf sie.

Sie redeten ein bisschen, dann schwiegen sie. Es war schön einfach dazusitzen und nichts zu sagen. Das Feuer prasselte vor sich hin, Lukas und Kai rösteten sich Stockbrote darin.

Am Ende sammelten die beiden alle noch etwas Erde für das Lagerfeuer, das man ein wenig würde eindämmen müssen, da es im Wald sonst zu gefährlich sein könnte. Selbst wenn sich die Ruine an einer Lichtung befand.

Dann schwiegen sie wieder, aßen die Reste von ihren Broten und sahen in die untergehende Sonne, die durch die Ruine schien und dieser zu einem leuchtenden Rot verhalf.
Sie fühlten sich vollkommen wohl dort draußen an der Ruine.
Kais Mutter war einfach auf dem Waldboden einge-

schlafen, sie sah sehr zufrieden aus, und er dachte daran, dass er ihr den Hund „Räuber" vorstellen würde, und Lukas wiederum war in Gedanken bei seiner Freundin Mia und bei Kieran, dem Raben. Kurz kam es ihm fast so vor als wäre er vorbeigeflogen, doch war es nur der Schatten den die Abendsonne gezeichnet hatte. Lukas machte das nichts aus.

Er wusste, dass es nur eine Frage der Zeit war bis Kieran wieder bei ihm vorbeikommen würde.
Kai sah zufrieden vor sich hin. Er war gar nicht mehr so überdreht wie sonst, und er wirkte glücklicher.
Ja, hier, an der Ruine konnte man einfach so sitzen und alles gut sein lassen.

Und bei der Ruine war es auch, wo sie später mit Mia saßen, Wochen danach, als sie zu Besuch kam, und als der Herbst sich bereits zugunsten des Winters verabschieden wollte, während nur noch einige der widerstandsfähigsten Blätter sich orange oder gelb an die fast kahlen Äste der Bäume klammerten als würden sie sie niemals ernsthaft loslassen wollen. Mia war nicht gerade begeistert von der Reise nach Holland, zumindest nicht davon, wie sie stattgefunden hatte. „Ihr seid völlig verrückt, wirklich ganz komplett verrückt", hatte sie gesagt.

Dabei hatte sie zugleich ein wenig gegrinst und doch ziemlich besorgt ausgesehen.

Immerhin: als Freundin kann man sich bei so etwas durchaus schon mal Sorgen machen.

Bei einer Reise als blinde Passagiere an Bord eines Lastwagens, der von einem Fahrer gelenkt wurde, mit dem offenbar nicht zu spaßen war. Nur mit dem Ergebnis, etwas Anderes hätte wohl auch nicht zu Mia gepasst, war sie ganz außerordentlich zufrieden. Und damit war sie nicht allein. Es gab da noch jemandem, dem Kai mehr am Herzen lag als er selbst es je erfahren würde.

Kapitel 8- Agathe und Kai

Agathe, eine alte Frau die nicht weit von Kai entfernt wohnte, wurde manchmal von Maxime, Kais Katze besucht. Ohnehin fühlten sich Tiere bei dieser Frau mehr als wohl. Kai besuchte sie ab und zu wenn er dabei war Maxime einzusammeln. Seine Tiere waren ihm wichtig. Da gab es Tiffy, den launischen Hamster, Klopfer, den Hasen, Räuber,

den Hund und seine geliebte Maxime. Agathe selbst war meist allein. Ihre Tochter Annie war früh gestorben.
Doch Annie hatte etwas hinterlassen das nun auch für Kai eine Bedeutung bekam.

Agathe las ihm in der ersten Woche nach seiner Rückkehr aus Holland, er war gerade wieder in Sachen „Maxime" unterwegs", einen alten Eintrag aus Annies früherem Tagebuch vor.

„Weißt du, Kai", meine Annie kannte deine Mutter gut. Möchtest du es hören?" Kai nickte und Agathe begann zu lesen: *„Ich glaube, dass Heidi ein wenig verrückt gewesen ist – und dann wieder auch nicht.*

Sie behauptete nämlich, dass sie in die Zukunft schauen könne.
Fast jedem in der Klasse sagte sie genau die Zukunft voraus. In jedem Fall war das eine beeindruckende, tolle Zukunft. Keiner von uns hätte sich wohl eine bessere wünschen können.

Doch über ihre Zukunft verriet sie nicht viel. Sie sagte uns nur einmal, dass ihre Zukunft sehr schnell kommen würde, und dass sie keine Zeit mehr haben würde um erwachsen zu werden. Das sei aber, so hatte sie uns versichert, nicht so schlimm. Ich fragte sie gleich, warum. Sie hatte nur gelacht und gesagt, dass die Menschen, bei denen die Zukunft so schnell käme wie bei ihr, dafür das Glück hätten in einem großen Zauberwald oder am Meer zu leben und zu tanzen. Ein glänzender, wunderschöner Rabe würde bei ihr sein und sie immer beschützen. Das klang merkwürdig, doch ich habe ihr sofort geglaubt. Alles was sie sagte klang überzeugend. Man musste ihr einfach alles glauben. Sie lachte manchmal wenn sie diese Dinge sagte, doch in ihren Augen war eine Ernsthaftigkeit, die jeden Zweifel von vornherein ausschloss. Ich weiß noch wie es war als sie ging. Wir alle winkten ihr nach. Doch niemand hat damals begriffen, dass wir sie nicht wieder sehen würden. Wo Heidi jetzt ist? In meiner Vorstellung machte Heidi immer etwas Besonderes. Ich glaube nämlich, dass sie in der Abenddämmerung heraustrat und sich unter dem Schutz ihres Raben auf eine verborgene Lichtung ihres geheimen Zauberwaldes begab. Oder aber sie war am Meer. Vom Meer hatte sie mir oft erzählt. Wie weit der Himmel am Meer sei, wie frei man sich dort fühlte. Lange stellte ich mir das vor und es half mir ein wenig darüber hinweg, dass sie nicht mehr da war.

Auch darüber, dass ich nun wieder alleine in der Klasse war. Woran es lag kann ich nicht sagen, doch kam ich mit den anderen nicht klar.

Sie fanden mich, das vermute ich, ein wenig komisch weil meine Familie arm, und mein Vater fast nie zuhause war.

Ich hatte nie diese Dinge die man braucht, um wirklich dazuzugehören. Heidi waren all diese Sachen egal gewesen, sie hat einen nicht danach beurteilt ob man die richtigen Kleider trug oder ob man sich einen Urlaub leisten konnte.

Heidi sah genauer hin. Sie sah in einen hinein. Und auch ich wusste etwas über sie: so wusste ich doch etwas Anderes über sie.

Ich wusste, dass sie ihr wunderbares Lachen lachte.

Und oft tanzte, auch das wusste ich, sie unter den Sternen.

„*Wie gefällt dir diese Geschichte?*" Agathe sah Kai interessiert an. „*Sehr*", gab dieser zurück. „*Weißt du, Kai: Als sie in deinem Alter war, ist sie weggelaufen, weggefahren…was auch immer. Sie ist ans Meer gefahren. Genau wie du jetzt. Als sie zurückkam, da gab es meine Annie schon nicht mehr. Doch das, was sie über deine Mutter aufgeschrieben hat, das steht hier noch immer.*"

Kai dachte sich, dass Annie, die doch schon so lange

nicht mehr lebte, ihm damit einen großen Gefallen getan hatte.

Je mehr er über seine Mutter wusste, umso mehr Farbe bekam das noch bruchhafte Mosaik, welches er mit ihr verband.

Bevor er ging, erzählte sie ihm noch etwas von den „kleinen Lichtern", die ihr so am Herzen lagen. „Du bist auch ein Licht, Kai. Eines der wunderbaren, kleinen Lichter!"

Kai grinste. „Kleines Licht, das kannte er bisher in einem anderen Zusammenhang. Doch für Agathe schien es eine große Ehre darzustellen ein kleines Licht zu sein, Daher grinste er vor allem deswegen, um ihr nicht zu zeigen wie sehr er sich über ihre Worte freute. „Ein Kleines?"

„Licht ist Licht!" Agathe ließ sich durch Kais kleines Manöver nicht aus der Ruhe bringen.

„Ich weiß das mit Räuber!" Sie lachte. „Und, glaubst du nicht, dass du für Räuber ein ziemlich großes Licht bist?" „Ich dachte auf die Größe kommt es nicht an…?" Noch immer wollte er Agathe ein wenig aus dem Konzept bringen, doch es klappte nicht.

„Das weißt du genau- ich geb´s auf!" Sie seufzte ein wenig, so als gäbe sie tatsächlich auf. Doch das war etwas, das wusste Kai ganz genau, was ein Mensch wie Agathe niemals tun würde.

In diesem Jahr fuhr er noch ein weiteres Mal zu seiner Mutter Heidi. Lukas war wieder dabei, aber auch sein Vater. Das tat gut, und als er die Sterne über dem Wasser in Holland sah, da fiel ihm sofort wieder Annie ein. Annie und seine Mutter.

So wie sie als Kind gewesen war. „Fahren wir nochmal hin?“, wollte Kai von Lukas nach dieser Begegnung mit Agathe wissen.
„Zu Heidi?“ Kai nickte nur und sah auf den Boden.
„Aber diesmal nur offiziell. Wenn schon!
Und höchstens über´s Wochenende, nicht länger!“
„ Einverstanden!“ „Mein Vater schuldet mir sowieso noch was!“ Kai hatte echt Nerven. Und dabei sehr viel Überzeugungskraft.
Nicht lange darauf saßen sie zu viert im Wagen von Kais Vater. Mama fuhr auch mit, warum auch immer. Vermutlich war etwas dran an dem Gerücht über sie und Kais Vater. Lukas war jetzt zu erschöpft um darüber nachzudenken, und Kai schien es ähnlich zu gehen. So richtig müde sein und gleichzeitig reden funktioniert fast nie. Katha und Papa waren da am Strand gewesen…Sollte er das jemandem sagen? Lukas entschied sich dagegen.

Er hatte, davon angesehen, sowieso nur noch seine Mutter im Kopf. Verständlich, befand Lukas.
Das Auto bewegte sich nun sanft schaukelnd und nicht sehr schnell auf die holländische Grenze zu, während Lukas immer müder und müder wurde. In Gedanken war Mia bei ihm.

„Schon wieder Holland?“, hatte sie wissen wollen. „Ihr kommt dieses Jahr ja ziemlich rum!“. „Finde ich auch“, hatte Lukas gesagt, und dabei war er um ein lässiges Aussehen bemüht gewesen. Doch, um ganz ehrlich zu sein: Mia fehlte ihm schon jetzt. Er begann sich vorzustellen wie es sein würde sie wiederzusehen.
Dann, plötzlich, freute er sich auf die holländische See. Dort war es immer so windig. Und bei Wind, ja bei Wind, da dachte er ohnehin ganz automatisch an sie.

Claudia J. Schulze (Text) ist Autorin und Bibliotherapeutin. Studium der Psychologie, Philosophie Pädagogik und der Literaturwissenschaften.
Sie arbeitet in eigener Praxis psychotherapeutisch mit Kindern, Jugendlichen und Erwachsenen, und entwickelt interdisziplinäre therapeutische Materialien.
Bereits in ihrer Diplomarbeit, später dann auch während ihrer Promotion, befasste sie sich mit der Frage, inwiefern Literatur sich auf therapeutische Prozesse positiv auswirkt. Kontakt: CJ.Schulze@gmx.de Praxis Dr. Claudia J. Schulze, Grünberger Str. 8, 78052 VS-Villingen

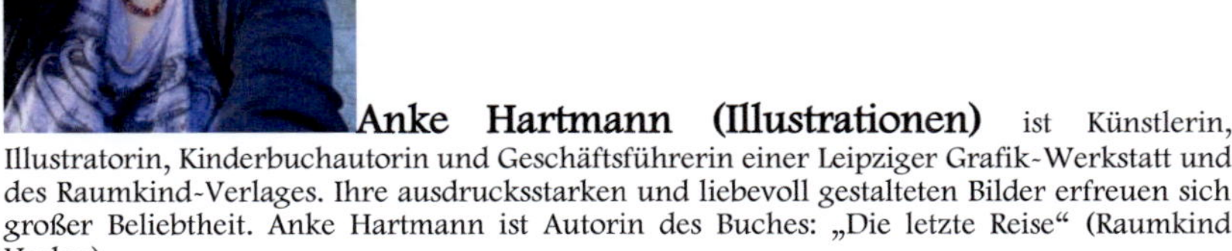

Anke Hartmann (Illustrationen) ist Künstlerin, Illustratorin, Kinderbuchautorin und Geschäftsführerin einer Leipziger Grafik-Werkstatt und des Raumkind-Verlages. Ihre ausdrucksstarken und liebevoll gestalteten Bilder erfreuen sich großer Beliebtheit. Anke Hartmann ist Autorin des Buches: „Die letzte Reise" (Raumkind Verlag)

Marco Gässler, Carpe momentum Media, **(Titelbild-Design)**

Glücksbuttons von Anke Hartmann:

Das **Hörbuch** ist über meine Mail-Adresse
zu bestellen.
CJ.Schulze@gmx.de

Demnächst erscheint das Buch „Nachtflüge" auf Französisch
(„Vols de nuit"), auf Italienisch (Voli notturni) und, in
gekürzter Version, auf Englisch unter dem Titel: „Tanner and
the hedgehog". Weitere Übersetzungen sind in Planung.
Hiermit sollen auch die Kinder mit anderer Muttersprache
berücksichtigt werden. Herzlichen Dank auch an Jan Mahn
und Werner Wilkening (Berlin). **Spenden und Spenden aus
dem Erlös gehen u.a. an die Kindernachsorgeklinik in
Tannheim, an das Palliativzentrum Villingen-Schwenningen
und an das Kinderhospiz „Sterntaler "in Mannheim.**

Nachtflüge

Geschichten zwischen den Welten

Claudia J. Schulze
Anke Hartmann

Band 1

Nebelträume

Claudia J. Schulze / Anke Hartmann

Korax und das
Geheimnis der Kürbisse

Claudia J. Schulze
Anke Hartmann

Band 4

124

Morgensterne

Bibliotherapie für Kinder

Claudia J. Schulze
Anke Hartmann

Die Reise nach Holland
Freundes~Geschichten

Mit therapeutischenFragen

Claudia J. Schulze /
Anke Hartmann

Verwaiste Kinder~ Verwaiste Eltern

Claudia J. Schulze / Anke Hartmann

LEAH LÖWENHERZ

Ein Trauerbuch für Kinder

Claudia J. Schulze

128

Lukas und die Geschichte der Schatten

SONDEREDITION MIT SCHATTENBILDERN

CLAUDIA J. SCHULZE / WILHELM SCHNEIDER

Ruby Blue

Leseproben mit Bonus-Geschichte

Claudia J. Schulze / Anke Hartmann

130

Kindheit ist kein Kinderspiel

Interpretationshilfen zur Lukas-Reihe

Claudia J. Schulze

131

Zauberbücher~

Fragenkatalog zur „Lukas~Reihe"

Praktische Bibliotherapie

Claudia J. Schulze

132